JN251727

I'm Not Your Romance

松田青子

ロマンティックあげない

Aoko Matsuda

新潮社

ロマンティックあげない

目次

進め！　復讐のテイラー・スウィフト神……9
ダイヤモンドが女の子の一番の友達じゃなくなったあと……13
その日のハイライト……17
音姫たちの合唱……21
白いワンピースに色を塗れ！……25
時代は特に変わっていない……30
「非論理的です」という視点……35
おかえりティモテ……39
「シュールだなあ！」の人……43
3人いる！……47
「おもてなし」がやってきた！……50
アイラブ三代目……54
文房具沼……58

フィギュアスケートの季節……63
年越しマトリックス……69
Ponyo is not a lovely name.……73
それぞれの好きなように……78
いい壁……82
オーサーとプーさん……85
各駅停車のパン事件……88
路線バスとリュック……92
求む、岩館真理子のワンピース……97
コスメの刹那……101
「写真はイメージです」の不思議……106
だって彼女は思春期だから……110
映画館で見たかった……115

日常の横顔……118
美容院で読むべき本は……122
大人のガチャガチャデビュー（白鳥狂想曲第一章）……126
スワンロス続行中（白鳥狂想曲第二章）……132
フェミ曲ミックスVol.1……136
「心のこもった」はたちが悪い……143
続・「写真はイメージです」の不思議……147
隣の席の人……151
エクスキューズなしで……156
「クリソ」の思い出……159
ライアンのタトゥー……164
次の移動に備えよ……169
セレーナに薔薇を……173

バゲットに襲われる……177
もらってあげて!!……181
丈夫さの証明……184
二つのマンション……187
アメリカ二週間の思い出……191
憧れのイカとクジラ……197
スパッツ！　スパッツ！……201
ネタバレは難しい……205
マットレスを担いだ女の子……211
テイラー・スウィフト再び……216

装画　ケリー・リームツェン《ツイスター・シスター》
装幀　新潮社装幀室

Front cover still, “Twister Sister” courtesy of the artist, Kelly Reemtsen.
© 2015 Kelly Reemtsen. All Rights Reserved.

ロマンティックあげない

進め！　復讐のテイラー・スウィフト神

　原稿を書いていて、ほんのちょっとの息抜き景気づけのつもりでYouTubeを開き、すぐまた原稿に戻らないといけないから一曲を頭の中で選びに選んで、よし、これを聴くぞ！とわくわく入力し、シャンプーのＣＭを強制的に三十秒見せられる時、人は簡単に絶望できる（人っつうか私だが）。YouTubeでＣＭを流して宣伝になっていると思っている企業は一度考えてみてほしい。きみたち、普通に「敵」でしかないぞ。あまりにいらいらするので、YouTubeでＣＭを流している商品リストを頭の中に作成することにした。私はこのリストに載っている商品は買わない。それしかできる報復がない。陰湿？　いや、「5秒でスキップできます」にはまだ奥ゆかしさがあるのでこのリストには入れない、というヒューマニティも持ち合わせている。

　そんで何を聴くかというと、即効性のある歌だ。アニソン部門は、『ロマンティックあげるよ』とか『輪舞-revolution』とか『ムーンライト伝説』とか歴代の世界名作劇場テーマ曲とか。ビヨンセとかＴＬＣとか。あとテイラー・スウィフト。

自分でもまさかと思ったが、去年テイラー・スウィフトが好きになった。いろいろ面白いので大好きなエマ・ストーンの親友だという情報を小耳に挟み、じゃあちょっと聴いてみようと思い、YouTubeで適当に二、三曲見たらすぐにハマった。なんか少女漫画みたいなのだ、この人のつくる歌。

たとえば、『YOU BELONG WITH ME』は、幼なじみの男の子が派手な女の子と付き合いはじめて、「彼女はハイヒール、私はスニーカー、彼女はチアリーダーで私は見物席」と言いながらも、でも私のほうがユーモアのセンスも合うし彼のことをわかってるのに、と嘆く地味で奥手な女の子の片思いソング。日本で人気があるのも納得だ。あと「あなたたちは今私のことといじめてるけど、わかってない。いつか私は成功するけど、あなたたちは一生意地悪なまま。大人になったら、バーでうるさくフットボールの話でもしてるんでしょうけど、それ、誰も聞いてないし」と歌う、いじめられっ子のための歌『MEAN』がめっちゃくちゃいい歌。今、自分が小中高生で、ラジオからこの歌が流れてきたら、この人は神だと思うだろう。ミュージックビデオもすごく良くて泣ける。

インタビューを読むと、そもそもテイラー・スウィフト自身が、カントリー好きなんて変なやつ、と学校でいじめられていたそうだ。それでもめげずに音楽活動を続け、売れて地元に戻ったら、過去のいじめっ子たちにサインをねだられて何なんだろうと思ったというエピソードがある。つまり、この人は『MEAN』を体現したのだ。そしてこの人の恐ろしいところは、歌詞に、「くだを巻いて、私の歌が下手だってぶつぶつ言ってんでしょ?」

と、わざと主語を一般化せずに書いちゃうところだ（ライブ映像を見たら、このパートの後、間をとって、ねえ、どう思う？みたいな顔をして盛り上げていたテイラー…恐ろしい子！）。彼女は、この歌で、当時のいじめっ子たちに復讐した。

『MEAN』の件は氷山の一角に過ぎない。テイラー・スウィフトは現在進行形で復讐の女だ。彼女をよく知らない人でも、別れた男を題材にして歌をつくる恋多き女という話題をテレビや雑誌で見たことがないだろうか。彼女と別れると歌で復讐されるのだ。年上の俳優と別れた後に発売された『WE ARE NEVER EVER GETTING BACK TOGETHER』には、「私のCDより何十倍もクールなインディーレコードを隠れて聴いて、心のバランスとってたくせに」という、またまた主語を一般化しない一節があって大笑いした。イギリスのアイドルグループの子と一瞬付き合って別れた後、この歌をテレビで歌う時、「まだ好きだよ」とか「オレ、変わるから」とか男がつらつら自分に言ったセリフの部分を、ブリティッシュアクセントで歌ったという、素敵な復讐エピソードもある。そもそも人気のある歌手や俳優と次々と付き合うのだって、過去に自分をいじめた奴らへの復讐として十分有効であり（本人にその気があるかどうかは別として）、なんというか復讐の層が『インセプション』並に深いというか、手当たり次第に世界に復讐しているというか、その火種が尽きない復讐心に圧倒される。見ていて飽きない。彼女の歌は、そんな性格のせいか、恋人とうまくいかなかった時のもののほうが生き生きしている。根にあるロマンティックな部分が炸裂する、ディズニー感溢れる幸せな歌もかわいいが。

わからないのが、そういう彼女を、ころころ男を変える女だと非難する人たちがいることだ。わかってんのか。彼女はいじめられっ子のためにいじめられっ子の星、復讐の神であらせられるぞ。テイラー・スウィフトは、世のいじめられっ子のために、一人でも多く食い散らかすべきだ。イギリスのアイドルグループの子に手を出した時も、とうとうイギリスに上陸したかと誇らしくさえあった。ゴジラばりに男たちをなぎ倒していく彼女を、私たちは応援するべきだ。だからテイラー・スウィフトが日本に来た時に、あの子いいわね、と日本のアイドルとか俳優にちょっとでも目をつけるようなことがあったらば、私たちはすすんでそいつをテイラー・スウィフトに捧げよう。彼女が見初めなくても、なんだったらもうこちらから誰か生け贄(いけにえ)として差し出すぐらいの意気でいたい。嫌がられても、押しつけたい。

世界中、国ごとに対策本部を設置し、毎年国一番の美男を選び出す。月の光の下、美男は神殿に横たえられ、復讐の神の降臨を待つ。民はひざまずき、国の豊穣を願い、祈る。多分ずっと後の世界で神話として語られるようになるはずだ。復讐神テイラー・スウィフトとその時代として。

（二〇一三年七月）

ダイヤモンドが女の子の一番の友達じゃなくなったあと

この前、渋谷の映画館に『セレステ∞ジェシー』を見に行った。カウンターで座席を指定したら、受付の女性が言った。「そこは前の列に人がいるので、一つ横にずらしたらどうでしょう」。キタ！と心が快哉をあげた。その時映画館が空いていたというのもあるけど、これは事件だ。

子どもの頃は映画館で同じ映画をぶっ続けで何度見ても怒られなかったが、大学生の頃から完全入れ替え制が導入された（ちょうどその時映画館でバイトしていたので、システムの移行を体験した。えーめんどくさい、というバイトとしての切なる思いが体に充満した記憶がある）。入れ替え制なのはいいが、座席指定がつらい。

映画館でチケットを買うと、受付の人が、座席表がラミネートされたシートを指差しながら、案内してくれる。今だったら真ん中あたりのお席が空いています。通路側のお席が空いています。しかし、私が知りたいのはそんなことじゃない。

知りたいのは、前の座席の人はお団子頭じゃありません、とか、整髪料で髪の毛ぴんぴん立ててません、とか、帽子かぶったまま見ようとするおしゃれ野郎じゃありません、とかそういうことだ。隣の人は、ばきばき音をたてて、せんべい食うやつじゃありません。カップルで来ていて、映画に興味があるというよりは、隣に座っているときめきが生まれたばかりの相手に一度でも多く触ることに興味がある、そのためにとにかくずっと気もそぞろなのがこっちにまで伝わってくるやつじゃありません。後ろの人は、足が長過ぎるのか、エコノミー症候群恐怖症なのか、何度も足を組み替えては、その度前の座席をこんこん蹴っちゃうやつじゃありません。そういうことだ。

真ん中の席に人気があるといっても、真ん中の席だったらなんでもいいわけではなく、大事なのは、前後左右の人間の相互バランスだ。

一度、すかすかの映画館で、真ん中の二列にだけ観客を折り詰めのようにぎゅっと並べてチケットを売った受付の人がいて、謎の密集感の一部となって映画を見ながら、散らして売ってくれ（チケットを）と心で叫んだことがある。我々には、映画館の人の手の上で操られる悟空の運命しか残されていないのか。その回を見る人がだいたい出揃った後入場し、前後や全体のバランスを鑑みて、ふふと微笑み悠然と席を選ぶというのが私の理想だ。もちろん満席ならこちらに言うことはないし、むしろ素晴らしいことだと思うし、完全入れ替え制でもあまりにも空いている時は、予告編から本編に切り替わる、その一瞬のまにまに座席を移動することもある。その時は、予告編の間中移動する間合いを図っているので気が気じゃない。

このようなフラストレーションを感じながら十年以上も過ごしてきて、とうとうこの受付の人に出会えたのだ。この人に任せておけば、我々を一人残らず幸せにしてくれる。

そして、肝心の『セレステ∞ジェシー』は、めちゃくちゃ素晴らしかった。ここ何年か、アメリカのコメディやラブコメを見ていて思うのは、ディテール重視になっている、ということだ。昔ながらの型通りに描いても、現代のニーズと乖離してしまうからだ。

たとえば、日本ではＤＶＤスルーになった『憧れのウェディング・ベル』は、それぞれの仕事や事情を鑑みた結果、なかなか結婚式が挙げられないカップルの物語だが、プロポーズのシーンが印象的だった。彼女であるエミリー・ブラントにプロポーズして、指輪を渡す際、彼のジェイソン・シーゲル（脚本にも参加）は、こんな風に言う。「君がダイヤモンドの採掘現場の悲惨さに胸を痛めていたのを知っているから、アンティークのルビーの指輪にした。石のまわりにちょっとだけダイヤモンドが使われているけど、この頃の採掘状況はそんなに悲惨じゃなかったから大丈夫なはず」。エミリー・ブラントは、私のことをわかってくれている、完璧な指輪だ、と喜ぶ。マリリン・モンローが昔「ダイヤモンドは女の子の一番の友達」と歌っていたけど、現代ではダイヤモンドが万人にとっての幸せを意味しないことを、この映画はちゃんと描いている。そしてこの指輪選びのシーンだけでも、二人がどういうカップルなのかがわかる。

これもＤＶＤスルーだが、『21ジャンプストリート』も、いろいろ細かくアップデートされている作品で、ものすごく面白かった。高校時代、人気者とオタクという、別々の世界にいた二人が、お互い警察官になってから親友になり、潜入捜査として高校に戻ることになる。そうしたら高校は昔の価値観が通用しなくなっており、人気者だったほうは、無神経な筋肉バカとして相手にされず、かたやオタクだったほうは、環境問題に熱い人気者グループに気に入られる。

『セレステ∞ジェシー』で、一番そうそう！と思ったのは、別れのシーンだ。涙ながらに別れの言葉と変わらぬ愛を口にした二人は、正反対の方向に歩き出す。だけど、この映画では、一度歩きだした彼はすぐに戻ってくると、「よく考えたら、夜道で危ないから送っていくよ」と言い、彼女も「そりゃ、そうだ」とそれを受け入れ、二人でカメラから消えていく。このシーンだけじゃなく、はじめから終わりまで、誰かの人生におけるドラマティックな瞬間も日常の一部であるし、その後も日々は続くということを見事に落とし込んでいる映画だった。正しさも大事だが、思いやりも同じくらい大事だということも。主演と脚本のラシダ・ジョーンズ最高。

よくある大枠だけじゃ、もう満足できない、納得できない気持ちを汲んでくれるのってほんといいよなあとしみじみうれしくなりながら、明るくなった客席を振り返ったら、見事な間隔で観客をちりばめた客席が目に入り、ブラボー！と拍手したくなった。

（二〇一三年七月）

その日のハイライト

お昼時、一人でごはんを食べに行くと、よくカウンター席に通される。テーブル席はもっと人数が多いグループのためにとっておかれる。それはよくわかるし、自分がテーブル席に座っている時に、人数が多いグループの人たちが入ってきて座るところがないと、申し訳ない気持ちになる。

だけどめちゃくちゃ店内が空いているのに、テーブル席に座ろうとしたら、あっ、お客さま、お一人でしたらこちらに、と頑としてカウンターに案内される店がたまにあり、そういう時、もういいやん！と思う。保険かけすぎ。そう言われた瞬間、じゃあいいです、とお店を出ていった人を何人か見たことがあるが、気持ちがよくわかる。お昼をゆっくり過ごしたかったんだなと思う。あと、一人で入ってきてテーブル席に座ろうとしたおじいちゃん、おばあちゃんまで、問答無用でカウンターに移動してもらおうとするのは、あんまり見ていて気分が良くない。

私は店を出るまではしないが、そう言われてカウンターに移動した瞬間から、心の中は、じゃあ見せてもらおうじゃねえかの気持ちに移行する。今までの経験上言わせてもらうが、そういう店ほど、たいがい埋まらない。私がランチを食べ終わっても、私が座ろうとしたテーブル席は空っぽのままだ。ほーれ、見たかの思いで、レジでお金を払いながら店員さんの顔を見るのだが、申し訳なさそうにされたことは一度もない。むしろ澄ました顔をされるのがくやしい。それがおしゃれ気なカフェや自然派レストランだと余計にくやしい。

隣町においしい中華料理店があり、よく行く。ある日、私は二人でそのお店に行って、二人がけのテーブル席に座っていた。私たちの注文していたエビそばとラーメンが同時に運ばれてきて、おいしそうな湯気がたっていて、さあ、食べるぞと最初の一口をうきうき口に運ぼうとした瞬間、その一言は降ってきた。

「きみたち、この席とかわらないか？」

見ると、一人で来店したがほかに席がないので広めの四人席に通されたおじさんが、仁王立ちでこっちを見ている。半ズボンにぴんと伸ばした膝下のソックスの存在感がすごい。タイミング的に最悪だったのと、その口調があまりにも堂々としていて逆にぼんやりしてしまい、私たちは口を揃えて言った。「いいです、大丈夫です」

おじさんは「いや、一人で四人席はあれだから」ともごもご言いながらも、結局その席に座った。大柄な人だったので、その席でちょうどいい感じに見えた。

ちょっとしてから、中から偶然出てきた店主に、おじさんはまた言い出した。「一人で四人席座ってあれだろ、なあ、なんか申し訳ない感じだろ」

　店主は面倒そうに言った。

「そんなかわんねえよ」

　このマインド。ほれぼれするようなこのマインド。回転の早い人気店だからこそ言える一言かもしれないが、カッコいい。エビそばをすすりながら、私はしびれた。この日のハイライトは、確実にこの一言だ。半ズボンのおじさんも店主の言葉で気が済んだのか、その後はテーブル一面に新聞を広げ、定食の後、杏仁豆腐まで食べていた。充実の昼休みだ。お店ががらがらなのにストイックにカウンター席に通す店には、この素敵な雑さがない。ドンマイ感がない。

　この店では店主の奥さんも働いているのだが、この人にも私はじわじわと骨抜きにされている。まず愛想が悪いのがいい。一度店の外に貼ってあったバイト募集の紙を見たら、「笑顔を大事にしている店です」と書いてあって、度肝を抜かれたくらいに愛想が悪い。それともそれを中和するために、まわりは笑顔の人で固める方針なのか。確かに他の人は非常に愛想がいい印象だ。しかし、そもそもこの奥さんのせいで店の雰囲気が悪いわけでも、彼女が従業員に高圧的というわけでもなく、ただナチュラルに愛想が悪いのである。そういう愛想の悪い人が、私は結構好きだ。一生私に笑ってくれなくてもいいとさえ思う。物陰からずっと、その愛想の悪さを応援したい。

　ところが、この前のお昼、一人でお店に行ったら、メニューを持ってきた彼女が私に向かって微笑んだのだ。意外なほど柔和な笑い方で。私はびっくりしながら、うっとりした。その日のハイライトは、確実にこの瞬間だった。

（二〇一三年八月）

音姫たちの合唱

イギリスのトイレにある洗った手を乾かす温風の出る機械は本気だった。申し訳程度にしか温風が出ない日本のそれについて、常々何のためにあるんだろうと訝しんでいた私でさえ、あっ、そんなにはいいです、と思わずひるむ程の勢いで熱い風が手に吹きつけてくる。一瞬で手が乾く。ハンカチの出番なし。しかし案配としては、日本とイギリスを足して二で割るぐらいがちょうどいいと思った。神様に上から調節してもらいたい。

そしてイギリスのトイレには音姫がない。でも心配ご無用。女性たちがたくさんトイレにいて、みんなが鏡の前でわいわい話している時などは、これこそが本当の音姫たちの合唱だと個室の中で感動するくらいだ。誰かが手を乾かしている熱風の音も彩りを添えてくれる。だけど、彼女たちが去って、静寂が訪れると、気まずい。個室に入っている者どもだけが取り残されると、一気に気まずい。でもどうだろう、気まずさを感じるのは、機械の音姫さまを知っている私だけなのかもしれない。

音姫たちの夏の服装は素敵だ。明るい色のワンピースやタンクトップ。老いも若きも、体型に関係なく、手足や背中をばんばん出す。見ていると、気持ちがうきうきしてくる。

齢三十三、もう膝から上の丈のスカートやズボンをはくことは二度とあるまい、とか弱気なことを思いはじめていた私は少し反省した。

あと、音姫たちはあまり脱毛をしない。

これまで私は、外国の映画を見る度、女優さんでさえ脱毛せずに平気で映画に出ていることに羨望の念を覚えてきた。エリザベス・テイラーの昔のブロマイドなどをネットで見ると、腕の毛がすごいことになっているものがあり、見とれる。最近腕毛で心に残った映画といえば、『(500)日のサマー』だ。建築家志望の青年に向かって、ここに街の絵を描け、とヒロインのズーイー・デシャネルが自分の腕を差し出すのだが、アップで映し出された腕の毛が日の光で柔らかく輝き、美しかった。かわいさの化身であるズーイーでさえ、自分の腕がアップになるとわかっていても脱毛しない。そのおおらかさに圧倒されるとともに、心底うらやましく思った。

イギリスにいる間、私は音姫たちの腕毛に注目し通しだった。確かに真っ黒い毛の私たちに比べて、金色や薄い茶色をした音姫たちの毛は目立たない。でも結構目立つ色の毛を持つ音姫でさえ、脱毛していないことが多く、いちいち私の目を引いた。いいなと思った。普段日本にいる時、自分が結構びびっていることを再確認した。ただの打ち合わせや友人とごはんを食べるだけでも、どこかに自分が気付かなかった毛の剃り残しがあるんじゃないか、それを見つけられて、内心何か思われているんじゃないか、とか。もう少しびびらずに生きていきたいものよのう、などと、音姫たちを見ながら思ったりした。

というわけで、七月の終わりにイギリスに行ってきた。ロンドンから電車で二時間ほどのところにノリッジという小さな街があって、そこの大学で行われている六言語の翻訳ワークショップに参加したのだ。このイベントの素敵なところは、翻訳家だけじゃなくて、課題になった作品の著者も参加するところだ。翻訳家は、わからないところや作品の意図を、作者本人に直接その場で確認することができる。日本語チームの今年の課題は、私の書いた『スタッキング可能』。一週間朝から晩までずっと、若き翻訳家の皆さんと一緒に過ごした。皆さん、おののく程作品を読み込んでくださっており、正直言うことなど何もなく、私はただただうれしい気持ちで、皆さんの翻訳のプロセスを眺めていた。オーストラリアやアメリカ等みんな全然違う場所から来ていたけれど、年代も近く、あとファンタジー、SF、ホラー、ミステリー、児童文学と、全部抱きしめて生きていきたい私の大好物を同じく好きな人たちが多くて、話していてすごく楽しくて、情報交換もたくさんした。そして皆さん、日本を、日本文学を愛していた。誰が想像しただろうか。林芙美子を、笙野頼子を好きだという二十代のアメリカ人の女の子にここで会うと。『AKIRA』の金田のバイク以上にカッコいいものはこの世界にないと断言するイギリス人の男の人に会うと。日本文学を翻訳したいし、絶対にするという情熱を間近で見ることができて、幸せだった。

　このままイギリス楽しかったということで終わってもいいでしょうか。あっ、あと帰りの飛行機で見た『サイド・エフェクト』という映画で、おでこ平野が年々広がっていくジュード・ロウに、「毛が抜けるという副作用が」という台詞を言わせていて、なんとシビアな世界だと思いました。その後見た『アンナ・カレーニナ』では、おでこ平野はもっとすごいことになっていました。かっこいいかっこいい言われている時はまったく興味がありませんでしたが、ジュード・ロウのことがちょっと好きになってきました。

（二〇一三年八月）

白いワンピースに色を塗れ！

昔から、「白いワンピース問題」というのがあるなと思っていた。いにしえより、「白」という色は、「純粋さ」「可憐さ」「少女らしさ」「処女性」などを表すとされ、ウエディングドレスを引き合いに出すまでもなく、なんというか特別な色とされているようである。「女」といえば「白」であり、「白」であれ！と、意識的か無意識的かもはやわからないレベルで思っている人たち、あと、それをまあいいかと許容する人たちがいるようだ、としみじみ考えさせられる時がしばしばある。

小説マンガ映画ドラマなどで、白いワンピースを着せられた女の子や女の人が登場すると、出た～！とホラーのように思う。減少の傾向にあるが、まだまだ白いワンピースの女は湧いてくる。

普段生活していて、白いワンピースを着ている人ってそんなに目にするだろうか。個人的には、あんまり見ないような気がするんだけど。洗濯が面倒だし、仕事に不向きだし、汚れを気にしないといけないし、その「気にしないといけない」レベルが生理のとき跳ね上がってものすごく面倒だし。今考えただけでも、白いワンピースを十年は着たくない気持ちになる。

そうなのだ。私は、登場人物に白いワンピースを着せる人たちに言いたいのだ。あなたは、一瞬でも生理について考えたことがあるかと。

そしてそれは、現実でも同じだ。

人数の多いアイドルグループが、夏らしい曲のミュージックビデオで全員白いビキニを着せられているのを見ると、かわいいなと思うと同時に、撮影当日この中の何人が生理で嫌だったろうと考えてしまう。白いホットパンツが衣装だったりする時も、生理のとき大変だろうな、気の毒に、みたいな気持ちでいっぱいになる。

受付係など制服のある職場の女の人たちが、ぴったりとした白やベージュの制服を着せられているのを見ると、どうせ生理になったこともない男たちが「やっぱ白だね、白」と、実際その制服を毎日着なければならない女の人たちのことなど考えもせずへらへら選んだんだろうと決めつけ、その空想の男たちの会議風景を勝手に思い浮かべては、ムカムカする。

ちなみに、私が一度バイトをしたとあるミュージアムの受付係の制服は、その施設ができたときに配属された女性社員さん全員でカタログを見ながら決めたそうで、パンツの線なんてどうしたって透けないくらいものすごくしっかりした生地の、スカート部分が黒い、切り替えワンピースだった。あと関係ないが、そのずっと後に翻訳の仕事で通っていた会社の受付係の制服がまったく同じだったので、ものすごい親近感を覚えた。

ところで、『GIRLS／ガールズ』の第一シーズンを見た。アメリカで大ヒットしているテレビドラマで面白いという噂を見聞きし、また海外の女の子たちのタンブラーでも放映日の度にお祭り状態。日本にはやく来ないかと待てどもちっとも放送してくれないので（＊その後日本上陸を果たした）、アマゾンさんに頼んで取り寄せ、ようやく見たのだ。断言したいが、めっちゃくちゃ面白い。このドラマは、『セックス・アンド・ザ・シティ』に乗り切れなかった女たちを全員掬い上げ、救えると思う。

こんなシーンがある。作家志望で仕事なしお金なしの主人公ハンナは、友達の経営するカフェでバイトさせてもらうことになったのだが、初日に彼女は白いワンピースを着ていく。白いワンピースで近づいてくる彼女を見て、その友達（男）は言う。「着替えてこい。いいか、白いワンピースを着てるってことは、世界中にレイプしてくれって言ってるのと同じだ」

あまりの爽快さに大笑いした。『GIRLS／ガールズ』は全編こんな調子で、女の人に向けられた居心地悪いファンシーを、一つ一つ、さくさくと壊していく。

あと、今まで女の人が裸になるシーンって、撮る側か撮られる側の、もしくはその両方の肩に力が入っていることが、見ているこっちにすぐ伝わってくるような、どうも違和感があるものが多かった。本人はただ脱いだだけなのに、まわりが騒いでおおごとにしてしまっていることも多いし。それに、裸になることで「大人の女優へ脱皮」「一皮むけた」

みたいな宣伝の仕方や、裸になったら本気だ、みたいな煽り方が、下品で死ぬほど気持ち悪いからやめて欲しいと思っていたけど、自らばんばん脱ぐ、監督脚本も務めるハンナ役のレナ・ダナムの偉業よ。ナチュラルすぎて、すごいなとも感じさせないレベル。世の中に、誰かに、何かを着せられている、または脱がされている、感じが私は嫌だったんだな、と『GIRLS／ガールズ』を見て、気づいた。本人が着たいなら、白いワンピースもがんがん着ればいい。

今書いていて思い出したが、私の記憶にもう一つ、白いワンピースを着替えろと主人公に言った作品があった。それは小学生か中学生の頃に読んだ、柏葉幸子『霧のむこうのふしぎな町』だ。

六年生の女の子リナが、気ちがい通りと呼ばれる不思議な町である夏を過ごすことになるのだけど、そこにいるには何かしら「仕事」をしなければならない。働きに出るはじめの日、リナは『GIRLS／ガールズ』のハンナと同じように、白いワンピースを着ていこうとする。そうすると、彼女が泊まっている下宿の女主人ピコットばあさんが、なんだいその服は、と難色を示すのだ。実際に働いてみたリナは、この服じゃ駄目だと思い、次の日からTシャツとジーンズで働きにいく。

そういえば、ダイアナ・ウィン・ジョーンズの『九年目の魔法』にも、主人公の女の子ポーリィがあこがれの男の人に会いに行く時にワンピースを着ようとしたら、おばあちゃんに「ジーンズときれいな上着のほうがよかないか？」と言われるところがある。世代も住んでいる国も違えど、女性作家たちがそれぞれ白いワンピースに、女の子はおしとやかにするもんだというつまらない偏見に、反抗しようとしているのが垣間見えて、すごく面白い。

（二〇一三年九月）

時代は特に変わっていない

「Everyday Sexism」というプロジェクトがある。これはロンドンの女性がやっているものので、現在もしくは過去に経験した性差別の「実体験」をサイトに投稿してもらうものだ。つまり、「声」を集めていくプロジェクトだ。「深刻な出来事でも小さな出来事でも、とんでもなく不快だったことでも、その場で抗議する気にもなれないくらいささいなことや、世の中で普通のこととされていること、なんでもいい」とサイトに書いてある。

このプロジェクトのツイッターアカウントがすごい。ロンドン発信なので、だいたい日本時間の夕方ぐらいになると、私のタイムラインに、いろんな人の声が溢れ出す。「会社からの帰り道、車に乗ってる男達に、売女め！って、叫ばれた」「小学生の頃、男の子に性差別的なジョークを言われて怒ったら、先生に、ただの冗談なんだから、って諌められた」「カメラ屋で女の店員に説明されると思わなかったな、って今日お客に言われた」「このサイトのおもちゃの商品説明、お父さんが楽しんで組み立てることができます、ってなっているけど、どうしてお父さんじゃないと駄目なわけ？」「大学生の時、女に選挙権があるの納得いかないって同級生が言うから、どうして？って聞いたら、なんかそんな気がするって返事だった」「車のテールランプが壊れていて警官にとめられたんだけど、その警官に、旦那がいたら直してもらえるんだから結婚したら、って言われた」「職場で上司にスカートはいたほうがいいって言われた」

とか、声は毎日どんどん湧いてくる。女の人だけじゃなくて、男の人からの書き込みもある。

「ぼくのガールフレンドのほうが稼ぎがいいから、お店で彼女が払ってくれることも多いんだけど、店員はクレジットカードを絶対ぼくに返してくるんだ」「妻がいない時、誰もぼくが娘の面倒をちゃんと見れるって信じてくれない」「今日同僚の女性が性差別的なことを上司に言われていたよ」「このアカウントをフォローするまで、世の中に蔓延(まんえん)している問題のことをわかっていなかったし、時として自分が加担していることにも気づいていなかった」「妻が赤ちゃんの世話ができるという理由で、ぼくは育児休暇を二週間しか取らせてもらえなかった」

とか。そういう声で、タイムラインがいっぱいになる。はじめは、あまりの多さに見ているうちに苦しくなってきて、もうフォローを外そうかと思ったりしたのだけど、一週間ぐらいしたら、逆に元気が出るようになった。こんなに皆同じような目にあっているのかとか、ああ、これもやっぱり違和感として口にしていいことだったんだなとか、いろんなことを思いながら、読んでいる。

最近、『部長、その恋愛はセクハラです！』という本を読んだ。これは職場や大学でなぜセクハラが起こるのか、どういう行為がセクハラになってしまうのかについて書かれていて、一応男性に向けた本なのだけど、読んでいて、これもセクハラだったんだ！と、いかに自分がセクハラを理解していなかったのか気づかされた。気づかされることが多すぎて、くそー、あれもセクハラ、これもセクハラだった！と過去の出来事をいろいろ思い出してはムカムカし、ぐったりした。

そのうちの一つが、以前働いていた職場での出来事だ。ＩＴ系の会社だったのだが、私は契約社員という立場で翻訳の仕事をしていた。そこの社員の男性が、女の人が仕事を辞める時に必ず言うギャグがあった。

それは、

「すいませんね、○○（後輩の男性社員の名前）が告白したから居づらくなったんでしょ？　いやーほんと、すいません」

というもので、その人がそう言うのを何度か聞いたことがある。なんか気持ち悪いなと思ったけど、理由がよくわからなかった。

私が辞める時も、やっぱりそのギャグを言われた。笑っているまわりの人たちに合わせて笑って流したけど、あれ、完全にセクハラだった、キー！（今さらギレ）。少しも面白くないうえに、同じ職場で男女関係の問題が起こった時に、女が辞めるのが当たり前だと思っているから（あと契約だし）、そんなこと言えちゃうわけですよ。

もう一つ思い出したけど、同じ職場である日私が青いシャツを着ていたら、後ろを通ったピンク色のシャツの男性社員に、「男がピンクの服を着て、女が青い服を着ている。時代は変わりましたね！」と急に声をかけられたことがある。すごく年配の人ならいざ知らず、その人、私と同い年か一つ上ぐらい。むしろ時代が変わっていないことの証明のような一言だった。唐突すぎて、頭が真っ白になった。

誤解しないで欲しいのだけど、私はその職場が大好きだった。大好きな仕事でも、そういうことが日常的に紛れ込んできた。

時代は変わったとか、もうそんな性差別みたいなのないでしょ？とか、まだそんな古くさいこと言ってんの？とか、今までにもう散々言われてきたことだとか、うんざりした顔をする人がいるけれど、誰も言っていないことしか、新しいことしか言っちゃいけない法律でもあるんすか、と思う。ずっと前に誰かが言ったことが今でも改善されてないから何度も言ってんじゃないすか。自分のまわりにはそういう人はいないと言うなら、ラッキーなだけで、その人のまわりに偶然いないだけだ。

生活や仕事をしているだけなのに、ただその場にいるだけなのに、トンチンカンな言動が爆弾みたいに投下される、その瞬間のアホらしさ。そしてそれに気を遣って笑わなければいけないむなしさ。一人でもそういう木枯らし気分を味わう人がいる限りは、時代は変わっていない。「Everyday Sexism」のツイートがタイムラインに流れてくる限りは、時代は変わっていない。毎日流れてくるのは、いろんな人がいろんな場所で何度も言うのは、だからだよ。

（二〇一三年九月）

「非論理的です」という視点

秋になった。

今年の夏も海にもプールにも行かず、レジャー的なことを何一つせず、新しく買った服もたいして着ず、着ても落ち着いてコーディネートをちゃんと考えるというこらえ性もセンスもなく適当にしてしまうので素敵に着こなせず、そのせいで微妙に劣等感を積み重ねる結果となり、楽しかったことを思い返すと、『パシフィック・リム』と『スター・トレック　イントゥ・ダークネス』鑑賞という現実感のないことしか浮かんでこない。どちらもしっかりした方がチケット予約をしてくださったから見に行けたけど、一人だったら、多分今でも見ることができていないような気がする。

そしてスポックさんに夢中の今。事前に、急いでこのシリーズの一作目をＤＶＤで見たのだが（映画館では四人の女性編集者さんと一緒に見たのだが、誰も一作目を見ずに来ていて、しかも一人はスター・トレックを見るのがはじめてと言っていて、皆猛者（もさ）だなと思った。シリーズの途中から見るとか、私、耐えられない）、そこでザッカリー・クイント演ずるスポックさんにすっかり恋をしてしまい、しかしイントゥのほうには、我らがカンバーバッチさんも出ているから、まあ五分五分くらいのものだろうと踏みながら暗闇に突入したら、完全にスポック愛が勝った。あの知性、あの憂い、秘めた悲しみ。普段のザッカリーはスポックさんが嘘のようにまゆ毛が太いのだが、そのギャップさえ愛しい。

その後の飲み会でも、スポックさんがいいと皆言っていた。ヴァルカン人は日本に来たら、モテると思う。いつスポックさんに会っても大丈夫なように、人差し指と中指、薬指と小指をひっつける、あのヴァルカン人の挨拶も仕事の合間に練習している。簡単だと思うかもしれないが、私はあんまり指先が器用でなく、「グワシ！」もいまだにちゃんとできないので、練習しておいたほうがいいのだ。

普通恋に落ちるとほかのことが手につかなくなるというが、この恋は違う。スポックさんにどう思われるかを基準に物事を考える視点が生まれたため、ものすごく仕事がはかどるようになった。仲間たちの論理的でない言動に対して「非論理的です」と言うという、スポックさん名言があるが、さぼったりぼんやりしているのを彼が見たら、絶対「非論理的です」と言うと思う（それはそれで言われたいが。一回でいいから言われたいが）。彼にがっかりされたくない。だから私はがんばる。この恋は建設的で論理的な恋だ。この夏最大の思い出は、スポックさんに出会えたことでいい。現実とかもういい。仕事が終わったら、ザッカリーが出ているから見ろと方々から薦められた『ヒーローズ』と『アメリカン・ホラー・ストーリー』が見たい。一刻もはやく見たい。スポックさ〜〜ん！

と、脳内お花畑スキップで暮らしていたら、現実世界の私が総スカンをくらった。スキニージーンズに。あれはすごく細身に見えるが、ストレッチ素材のおかげで、非常に懐が深く、これは無理だきっと無理だと思いながら足を通しても、結構な割合で受け入れてくれる便利なアイテムだ。穿きやすいのと、結構安いので、ふらふら買っているうちに、いつの間にか十本弱ぐらい持っていたのだが、その全部から急に拒絶されるようになったのだ。ジッパーが上がらない。ボタンが留まらない。イコール穿くことのできないジーンズを十本近く所有していることになり、由々しき事態だ。

おかしいなと思い、久しぶりに体重計に乗ってみたら、きっちり一キロ太っていた。たった一キロである。彼らがいつもいかにギリギリのところで、私の下半身を受け入れてくれていたのか思い知った。ストレッチ素材にも、できることとできないことがあるのだ(夕日を見つめて遠い目)。やさしくしてくれるからって、私は彼らに甘えすぎていたのだと思う。今までごめんなさい、ストレッチ素材。

ほとんど家から出ないせいで運動不足なのと、原稿を書いているとついついお菓子を食べてしまうので、いまだにスキニージーンズに受け入れてもらえないままだ。ダイエットとか正直めんどくさくてたまらないが、さっさと一キロ痩せるのと、新しくまた十本近くジーンズを買いそれまでの十本近いジーンズが無用の長物と化すのと、どちらが「非論理的」かと考えると、答えは火を見るより明らかなので、私はようやく昨日ダイエットにイントゥした。

はやくまたストレッチ素材にやさしくされたいと思い、ストレッチもはじめた。しかし、私がストレッチをはじめると、必ず猫が邪魔をしにくる。体を前に倒していると、背中に乗ってきて動かなくなるとか、座禅の足の裏を合わせるバージョンをすると、できたひし形に座り込むとか、いちいち体をひっつけてくるとか、すべての動きを効果的に邪魔することに成功していて謎である。前にヨガの難しいポーズを決めていく人の動きに合わせて、その体を見事に移動していく猫の動画を見たことがあるが、あれの鈍くさい版みたいだ。遊んでいるなら混ぜろと思われているのだろうか。猫にだけは「非論理的です」と言っても仕方ないので、またジーンズにイントゥできるようになるには、しばらく時間がかかりそうだ。

（二〇一三年十月）

おかえりティモテ

この前お風呂で髪を洗いながら、使っている「ティモテ」のシャンプーボトルにふと目を留めたら、「Timotei」と書いてあって、びっくりした。「ティモテ」を使いはじめてはや二十年目。どうして今まで気が付かなかったのだろう。最後の「i」の存在に。これでは「ティモテイ」である。「ティモテイ」と思った瞬間、私の頭の中で、それは瞬時に「ティモ帝」に変換された。髪を洗いながら、私は「ティモ帝」について考えはじめた。

多分ものすごく髪がきれいなはずだ、「ティモ帝」は。どれくらいきれいかというと、『ロード・オブ・ザ・リング』のエルフ族くらい、『ハリー・ポッター』のドラコの父親くらいだと思う。長さもあの人たちぐらいだろう。髪がきれいなせいで調子に乗っているので、いつも澄ました顔をしている。髪がきれいなことが何よりも優先事項なので、国の統治はついついおざなりになりがち。いつでもブラシを手放さない。書類にも、髪でサインする。習字みたいに。でも平和な国なのでそれでも大丈夫。「ティモ帝」は国民に愛されている。けれど、そんな「ティモ帝」の姿をずる賢く見つめている悪の大臣の姿があった。ああ、「ティモ帝」気をつけて。髪のことばっかり考えてちゃ駄目よ。あなたは一国の王なのよ。

などと「ティモ帝」のことを心配しながら、髪の毛を洗い終わった。お風呂から出ると、「ティモ帝」のことは一瞬で忘れた。

けれど、それ以来、お風呂に入る度シャンプーのボトルが目に入り、ついつい「ティモ帝」のことを思い出してしまう。今、物語は、「ティモ帝」暗殺計画が悪の大臣によって練られているところだ。でも悪の大臣は知らないのだ。「ティモ帝」の髪の毛はピンチになると、伸縮自在の銀の剣に姿を変えるということを。

ところで、覚えている人も多いと思うが、「ティモテ」は昔も販売されていた。今使っている「ティモテ」は、本当は「ティモテ　ピュア」というリニューアルされた商品だ。小さな時に「ティモテ」を使っていたので、今年、薬局で再び「ティモテ」に出会った瞬間、手が吸い寄せられるようにして買ってしまったのだ。

八〇年代、ティモテティモテティモテ～という鮮烈なＣＭとともに、「ティモテ」は突如として私の前に現れた。子どもたちは皆憑(つ)かれたようにこのＣＭソングを口ずさんでいたものだ。ＣＭに出ていた長い髪を梳(と)かしている女の人にそっくりな人形も売られていた、「ティモテ」という名前の。完全なるコラボ商品だったのだけど、小さかったのでコラボレーションという概念が私の中になく、シャンプーの「ティモテ」と、人形の「ティモテ」があるのは、単なる偶然だと思っていた。偶然のはずねえだろ、とあの頃の私に言ってやりたい。

白に近いブロンドのロングヘアーに、薄緑色の肩が出るワンピースを着た「ティモテ」人形が欲しくてたまらなかった私は、ある時親に買ってもらい、大喜びした。ほかにジェニーちゃんを何体かすでに所有していたのだが、「ティモテ」が仲間入りして以来、一人でお人形遊びをすると、どうしてもジェニーちゃんが劣等感を持った、みにくい心の持ち主になってしまう。人形たちの会話を私が頭の中で全部アフレコするのだから、すべて自分のさじ加減なのだが、どうしてもそうなってしまうのだ。天下のジェニーちゃんが、「ティモテ」の美しさ、モテモテ加減（男の子人形の存在意義がまったくわからず、一体も持っていなかったので、常にエア状態）、そのやさしさに嫉妬し、「ティモテ」に意地悪をしたり、陰で悪口を言い出してしまったりする。『ときめきトゥナイト』の神谷さん化してしまう。もちろん、「ティモテ」はジェニーちゃんのネガティブ言動を意にも介さない。心が広いのだ。「ティモテ」と並べると、ジェニーちゃんのほうが、どうしても野暮ったく見えてくるのが不思議だった。しかし、成長するにつれ、「ティモテ」人形で遊ぶこともなくなり、親がその時々適当に買ってきたシャンプーを何の感慨も抱かず使っていたため、今年薬局で再会するまで、「ティモテ」シャンプーのこともすっかり忘れていた。

この原稿を書くために、「ティモテ」のＨＰを見てみたのだが、いろいろ驚くことがあった。まず、「ティモテ」が北欧生まれということ。日本のブランドじゃなかった。ということは、北欧の発音だと、完全に最後の「ｉ」音が消えてしまうんだろうか。少しは音が残らないのかな。「ティモティ」みたいな感じで。いつか北欧の人に会う機会があったら、真っ先に発音してもらおうと思う。北欧のブランドだったということは、「ティモテ」をお店で見なくなったなと思っていた頃は、商品がただ販売中止になったのではなくて、日本から「撤退」していたのだ。まったく知らんかった。だから今回は、日本に再上陸ということである。おかえり「ティモテ」。

何より驚いたのは、当たり前だけど、昔の「ティモテ」にもはっきりと、「Timotei」と書かれていたことだ。日本で販売されていた約十年の間に、何度かパッケージリニューアルされているが、そのどれにもはっきりと「Timotei」と刻まれている。なぜ気が付かなかったんだろう。学校で噂になってもいいぐらいだったのに。ローマ字を習得後の私たちは、こういうことにうるさかったはずなのに。ごめん「ティモ帝」。ずっと前から私のそばにいたのに気が付いてあげられなくて。その澄ました顔の裏側には、今まで気付いてもらえなかった悲しみが隠れているのね。私、今回は、ちゃんと「ティモテ」の行く末を見守りたい。お風呂タイムの「ティモ帝」の物語は、まだまだ続く。

（二〇一三年十月）

「シュールだなあ！」の人

普段あんまりテレビを見ないのだが、先日一瞬テレビをつけたら、奄美大島をバスで回る旅番組をやっていた。ちょうど旅人として出演している三十代の男性タレントが、砂浜で、バスの運転手さんらしい現地のおじさんに、オカリナで『荒城の月』を吹いてもらっているところだった。旅番組ではよく見る、現地の人との交流＋詩情を誘ういい場面である。Ｔシャツに短パン、リュックを背負った旅人はにこにこしている。おじさんは『荒城の月』を吹き終わった。旅人の感想は、「シュールだなあ！」だった。私はびっくりした。

普通ならここは、「いや、ありがとうございました～」や、「美しい音色ですね～」など、おじさんへの感謝＋褒めが、正しいレスポンスだろう。旅番組や散歩番組では、だいたいこの感謝＋褒めの、ほのぼのヒューマンレスポンスが一般的であるし、そのほうがこういう番組を見ている側からしても、一番違和感なく流して見ることができるだろう。一番重要なのは、風景の見事さと出てくる旅館やお店の情報なのだから。

そこに混入された「シュールだなあ！」。制作側も意味がわからないと思い本人の気持ちを後で推測したのか、カメラが回っていないところで旅人にどういう意味だと聞いたのかはわからないが、一応下に出たテロップは、「(選曲が)シュールだなあ!」となっていた。でも、違うと思う。この旅人は、砂浜で、いきなりオカリナで曲を演奏されている状況、そしてそんな状況にいる自分に対して、「シュールだなあ!」と言ったのだと思う。

だって、『荒城の月』なんて、楽器を習い出した高齢者が、いかにも選びそうな曲である。シュールじゃない。旅人が『荒城の月』のバックグラウンドを知っていて、この曲は作曲家の滝廉太郎が大分県竹田市の岡城から曲を構想した歌で、だから奄美大島で演奏するのはシュールだ、とか、歌詞を知っていて、「今荒城の夜半の月」と歌詞にあるのだから、昼間に演奏されるのはシュールだ、と考えたのだとしたら、発言の意図も少しはわかるが、それこそそんなこと考えるほうがシュールだろう。

また、この旅人が選曲に対してではなくて、状況に対してシュールさを感じたに違いない説を裏付けるように、砂浜から道路に戻る過程で、彼はおじさんにこう質問した。「なんでオカリナなんですか?」。ほら、この人、オカリナに不思議を感じている。

一般的な旅や散歩番組を見ていると、そこで偶然出会った人にいきなり何か披露されるとか、思わぬ出来事に遭遇するシーンというのはよくある。もし自分が普段生活していて遭遇したとしたら、えっ、何これ、と不思議に包まれるようなシーンだ。私だってもし旅行先の砂浜でおじさんにオカリナ吹かれたら、ああ、なんて感想を言おう、とちょっと困ったりすると思う。だけど、一般的な番組ではそれはヒューマンに処理されるし、旅行中の私だって気をつかって、「素敵ですね」などと言うはずだ。そういう番組のしらじらしいヒューマンさに満足できない視聴者のために、面白いコメントと行動でその場を切り取っていけるタレントたちの散歩や旅番組もあるわけだけど、私が見た番組はそうではない。そうではないから、面白いなと思った。わざと尖った、面白い発言をしようとしたのではなくて、この旅人が、自分の一言が一般的な旅番組の枠組みを飛び越えてしまっていることに無自覚に見えるところにも、好感を持った。

以前の職場のSさんもそういう人だった。私が働いていた部署に新人としてやってきた彼女は、色白ボブヘアーの一見おとなしそうな人で、研修の初日、私が業務を説明している時も、真面目に「はい」「はい」とうなずきながら、メモを取っていた。「じゃあ今日はこれぐらいにしましょうか」と説明を終えた私を、さっきまでの真面目な調子で彼女は遮った。「松田さん、一つ質問してもいいですか」。どうぞと私が言うと、彼女は配られたばかりの自分のIDカードをさっと取り出し、その首から提げる紐の先にある、あの「ぐっと伸びる部分」を自らぐっと伸ばして見せながら、私に言った。

「これって何のためにあるんですか？」

「……憶測ではあるが、そこが伸びるのは、首から提げたままIDカードを認証マシーンにタッチできるからではないか」と彼女に答えながら、私はこの人はすごいと思った。

普通、職場の初日というのは、緊張するものだし、馬鹿に見えないよう、失敗しないよう、ナメられないよう、皆気を張るものだと思う。第一印象は大事だ。しかし目の前のこの人はどうだろう。真面目に業務の質問をしてくるのかと思いきや、ＩＤカードの紐の伸びる部分はなぜ伸びるのかと聞いてきた。なかなかできることではない。

私の説明を聞いた彼女は、「えっ、ということは、皆会社に入る時はもう首からこれを提げてるってことですか？　私その時まだかばんの中に入れてるんですよね」とさらに重ねてきた。きみのＩＤカードをかばんから出すタイミングは知らんがなと思いながら、この瞬間、私はこの人のファンになった。奇抜さも斜めの視線も必要なく、「普通」をさくっと越えている人というのはこの世の宝だ。まわりにいると、私の日常に思わぬ張りが得られて楽しい。

それから私がそこを辞めるまでの一年間、ファンとして彼女の言動をつぶさに見つめ、自分が休みの日は、後で彼女の言動を報告してくれる同僚も見つけ、幸せな気持ちで過ごした。辞める時も、Ｓさんの言動にもう触れることができないのかということが悲しかった。

というわけで、「シュールだなあ！」の人は、まさに張りをくれる人だった。ありがとう、「シュールだなあ！」の人。

（二〇一三年十一月）

3人いる！

前章の同僚Sさんは昔パティシエをしていたのだが、辞めて翻訳の仕事をはじめた。辞めた理由は、「小麦アレルギーだったんですよ」だった。これはパティシエとして致命的である。彼女は冷静な声で告げていたが、せっかく長い間勉強して、技術を磨いて、ようやくパティシエになれたと思ったら小麦アレルギーであることが判明するというのは、本人にはもちろん悲しいことだったと思うのだが、なによりあまりにもよくできた話なので、その場で聞いていた人たちが爆笑してしまうという事態を招いた。ある人など、「まじすか、致命的じゃないっすか、それ」とひぃひぃお腹を抱えて笑いながら言っていた。

いつ見てもすばらしいアニメ『おじゃる丸』のエピソードにもあった。食器を心の底から愛していて、食器店でバイトできるようになった人が、ものすごく不器用で食器をばんばん割ってしまうので、クビにされそうになる話だ。愛だけではどうにもならないこともあるのだ（その話の中では、もう一人のバイトが俺よりこの人のほうが食器のことを愛している、と身を引いてくれるので、食器がすごく好きな人は、そのままお店で働くことができる）。

駅前にあるクリーニング屋にちょくちょく行くのだが、先日、そこにいるおじさん店員のポテンシャルを思い知らされた。

その日のその時間、お店にはそのおじさんしかいなかった。おじさんは私が出した袖のあるワンピースを見て、「ノースリーブのワンピースですね」と言った。見ようによってはそうなのかなと私が考えているうちに、おじさんは次のブラウスを見て、「これもワンピースですね」と続けた。さすがにそれは違うと思い、「ブラウスです」と言うと、「ブラウスですか」とおじさんは素材の表示タグを見ながら言った。コットン一〇〇パーセントと明確に書かれた表示タグを見たはずのおじさんは、ブラウスの手触りを確かめると、「これは毛ですかね？」と言い出した。目が悪いのかなと一瞬思ったが、おじさんは眼鏡をかけている。「コットンです」と私が訂正すると、おじさんはこう言った。「そうですか、わからないもんで」

これはクリーニング屋として致命的である。ちなみにおじさんは店の主人並みによくいる人で（というか多分主人）、お店自体も最低でも三年以上は存続しているはずだ。最低でも三年、下手するともっと長い間、彼は何をしていたのか。なぜ手で触って、服の素材を当てようとしたのか。彼は今まで考えたことがあるだろうか。もしかして、自分にはクリーニング屋としての才能がないのではないかと。それが致命的であることに気づき、クリーニング屋をはじめたのを後悔した夜はあるだろうか。わりと何の頓着もない様子で、

「わからないもんで」と私に言ってきたが。多分クリーニングに対する愛とか露ほどもなさそうなので、致命的であっても本人はそれさえどうでもいいのだろう。

　最後、ノースリーブのワンピースを見たおじさんは、「ノースリーブのワンピースですね」とはじめて正解を出した。「はい」と私は答えた。

　あとこのお店は来店したお客さんの登録情報を出すときに、（お店に登録している）電話番号の下四桁を言ってくださいと聞くのだが、私が言うと、じぃと画面を見た後、必ず「お名前は？」と聞かれる。理由は、「３人いるもんで」（by おじさん）だ。このお店には、同じ下四桁を有するお客さんが私以外に二人いるのだ。全体で何人顧客登録されているのかはわからないが、確率的にけっこう多いのではないか。多分ほかの番号でも同じようなことが多発しているはずだ。もうそうなってきたら、はじめから名前を聞けばいいのではないかと思う。二度手間だから。そう思うのだが、日によって違う店員さんに、「３人いるんですよ～」「３人いるもんで」「３人いて……」などと言われるのが結構面白く、むしろその瞬間を楽しみにするようになってきた。私と下四桁が同じほかの二人も店に来る度、同じように言われているのかと想像してみる。多分ほかの二人も同じように思っていることだろう。もう名前聞けよ、と。


（二〇一三年十一月）

「おもてなし」がやってきた！

九月、美女型アンドロイド〝クリステル一号〟が「おもてなし」という日本の文化を世界に向けて広く発信した。〝クリステル一号〟が「お・も・て・な・し」とふりつきで紹介している映像をYouTubeで見ながら、『23分間の奇跡』みたいだなと私は感心した。これはすごいものを見たぞと思った。

『23分間の奇跡』は中学生の時に読んだ。小学校に美しい女性教師が現れ、23分の間に生徒たちを洗脳してしまうこの話は、ちょうどその頃オムニバスドラマ『世にも奇妙な物語』でも設定を日本に変えて放送されたため、私の心に怖い話として深く刻み込まれている。深く刻み込まれているわりに、南野陽子が教師役をやっていたと長年ずっと思っていたのだが、ある時調べたら賀来千香子だったぐらいのいい加減さだ。とにかく、良くも悪くも、時代が動く時は、氷のように美しい、アンドロイドのような女性がどこからか現れて、人々に新しい文化、価値観を伝来するものなのだ。〝クリステル一号〟に感心しながらも、これから七年間「おもてなし」プレッシャーのもとで生きていかなければならないのかと考えると、どうにも気が重くなった（＊もうおもてなしどころじゃなくなっている二〇一六年の現在を思うと、この頃が懐かしいほどだが）。

予感は的中した。まずは、ネットでお店を検索していると、店の紹介文に「おもてなし」という言葉が頻繁に出現するようになった。「おもてなし」伝来の前から書かれていた可能性はもちろんあるのだが、それにしても数が多い。「おもてなし」が少しずつ勢力を伸ばし、地図を塗り替えていく様が頭に浮かんだ。

そしてとうとう、先日、「おもてなし」が隣町にまでやってきた。

その日、私は散歩をしていた。出不精なため、可能な限り住んでいる街から出たくない人間なので、気分転換のレジャーとなるとどうしても散歩になるのだ。隣町の商店街は活気があり、おいしいお店も多いので、ついでに昼ご飯を食べようと思いながら、私は歩いていた。快晴だった。時間は十一時過ぎ。だいたいのお店のランチが十一時半からはじまるので、お店が開くにはちょっと早い時間だ。目当ての中華料理店もまだ閉まっている。

私は歩いて時間を潰すことにした。ふらふらと商店街を歩いていると、ある美容室の前に出してある、その日その日のメッセージを書くのに使われている縦長の小さな黒板が目にとまった。「おもてなしをお届けします」。色とりどりのチョークで彩られたその一言を見た瞬間、私は愕然とした。ついにここまで来たか。「おもてなし」が隣町にまでやってきたのだ。私の町にやって来るのも時間の問題だろう。私は「おもてなし」から逃げるようにその場を離れた。

思っていたよりもダメージがでかく、下を向いて歩いていた私は、いつもは行かない方向にまで足を伸ばしていた。こっちのほうは住宅街で、店舗はないと思っていたのだが、しばらく歩いてみると、ぽつぽつとお店が点在している。私が歩いている通りのちょうど向こう側には、こぢんまりした、小さなイタリアンらしいお店があって、外にはランチのメニューが出してある。まだ十一時半になっていないので、このお店にもクローズドと書かれた看板が出ていたのだが、メニューを見に通りを渡ろうかなと立ち止まっていると、お店の前にベージュのコートを着た、ショートカットのおとなしそうな女性が一人現れた。どうやら彼女も私と同様、ランチのお店を探して歩いてきたらしい。彼女はメニューをしばらく見ると、よしと微笑み（ほんとに微笑んだの）、クローズドと書かれたドアをノックしはじめた。

女性の行動に少し驚いた私は、時計を見た。十一時二十七分だ。あと三分。外にお客さんが並んでいることに気づいて早めに開けてくれるお店も確かにあるが、通りのこちらから見る限りでは、店内はまだ暗い。案の定、誰も出て来ない。しかし彼女はあきらめず、ドアを叩き続ける。微笑みながら。三分待つ気がないのは明らかだった。三分待てないこの人は、カップラーメンを食べる時、いつもどうしているのだろう。しかも最近のカップラーメンは、待ち時間五分と書かれているものもざらにあるのに。ドアは開かない。彼女はなおもノックする。

少しホラーだな、と思いながら見ていると、お店のドアが小さく開いた。小さく開いたドアの隙間から制服を着た店員さんが顔を出し、彼女に短く何かを告げると、すぐにドアを閉めた。彼女は外に取り残された。何と言われたのか私のいるところからはまったく聞こえなかったが、完全に見当がつく。「お店は十一時半からです」

このお店の人は、三分早く開ける気がないのだ。私は意外な展開に感銘を受けた。というか、彼女がドアをノックしていた時間を考えると、もうあと二分か一分だろう。微笑んでいた女性はさすがに微笑むのをやめ、しばらくそこに立ち尽くし、このお店から離れていった。「おもてなし」の看板でダメージをくらった後、「おもてなし」ゼロの姿勢を目撃し、ちょうど相殺された気持ちになり、その瞬間、私の心の靄が嘘のように晴れた。いいぞ〜！と、私はこのお店の人に心の中でエールを送った。

その日は予定通り中華料理店でランチを食べたのだが、近いうちあの「おもてなし」ゼロのお店に行きたいと思っている。どんな「おもてなし」ゼロでも受け止められるよう、ちゃんと心構えをしてから。

（二〇一三年十二月）

アイラブ三代目

二年くらい前、箱根の富士屋ホテルに泊まった。母と従姉がこのクラシックホテルに泊まりたいというので一緒に行くことになったのだが、私ははじめての箱根で、ほとんど事前情報なしだった。

送迎バスでホテルに到着した瞬間、確かにこれは古くて素敵な建物だと思った。ホテルの人もびっくりするくらい感じがよく、すれ違う宿泊客たちにも活気がある。チェックインの間だけでも、建物の柱や壁に、植物や動物の手の込んだレリーフが施されているのがいろいろ目に入り、寺社巡りしている時のような、わくわくした気分になった。

宿泊したのは、新館にある部屋だった。一室ごとに花の名前がついている旧館の花御殿が人気だとそこで知ったが、新館の部屋も充分素敵だったし、次は花御殿に泊まろうなどと言いながら、私たちはホテルの人たちが交代で行っている館内の案内ツアーに参加した。そこで私は、三代目との衝撃的な出会いをした。

三代目は史料展示室にいた。そこには、富士屋ホテルの歴史を語る年表や写真、もう使わなくなったアイテムや食器がたくさん展示されていた。ホテルの人の説明に、みんな耳を傾けながら聞き入っていた。そういえば、さっきから「三代目が～、三代目が～」というフレーズがよく出てくるなあとなんとなく思いながら、ホテルの歴代支配人たちの厳めしい肖像写真が並んでいるスペースに目を向けた私は度肝を抜かれた。一人明らかにおかしい人がいたのだ。

支配人たちの写真は、白黒だったりセピアがかっていたりと撮られた年代は違えど、仕立てのいいスーツを身につけ、こざっぱりとした短髪に整えられた短いひげの男性というだいたいの特徴は一緒だった。しかし一人だけ、口ひげが異様に長いおじさんがいる。どれぐらい長いかといえば、普通サイズ一・五倍増しぐらいのバナナを鼻の下から左右に一本ずつくっつけたみたいな感じだ。完全に顔からはみ出ているが、表情は真面目なので余計にふざけた感が増し、一人だけ異常なコミカルさをまとっている。

しかも、銅像まであった。銅像のひげもまたバナナ状態で、ぽきっと折りたくなる衝動をなんとか抑えた。写真を撮った人も、銅像をつくった人も、なんなんだこの人は、と内心思いながら作業をしたのではないだろうか。同じ時代に生きていた人は、よく吹き出さずに支配人として尊敬することができたよな。私は感じ入った。何事もないかのように、この写真と銅像を資料室で展示しているこのホテルの度量のでかさにも。

このコミカルおじさんが、富士屋ホテル三代目の支配人だったのだ。

その後の館内ツアーで判明したのだが、この場所面白いな、とか、この彫り物素敵だな、と思った箇所は、だいたい三代目の仕業だった。

たとえば、入り口付近にあるロビーの桟の上には、尾をそのまま柱にはわせて下に長く伸ばした尾長鶏の彫刻がある。これは、ヘレン・ケラーが宿泊した際に、ホテルにいた尾長鶏に触ったりして楽しまれたことを三代目が覚えていて、二度目に彼女が来ることになった時にはその尾長鶏がもう死んでしまっていたので、かわりに彫らせたものだそうだ。彫らせている最中、三代目は自分も木製の尾長鶏に何度も目を閉じて触ってみて、ヘレンが愛した尾長鶏の感触を再現しようとしたらしい。なぜ新しい尾長鶏を飼わなかったのか。そこが三代目のロマンティックというか、狂ったところである。支配人の様子を見ながら、木だから無理だろ、と止めなかったホテルスタッフも素敵だ（支配人だから止められなかったのかもしれないが）。今、ロビーに飾られている尾長鶏の彫刻の感触は、三代目が満足したものらしい。私はそっと、尾長鶏に触れてみた。どう考えても、木の感触だった。

また、ダイニングルームには、柱という柱の足下のあたりに、デフォルメされた、ものすごく怖い男の顔が彫り込まれている。これは、気を抜いて働くんじゃないぞ、見張っているぞ、という従業員への喝の意を込めて、三代目が彫らせたらしい。しかし、結果として、宿泊客も怖い顔に見張られながら食事をすることになっているのだが、三代目はそれには気づかなかったのだろうか。怖い顔ににらまれ食事をしながら、私はすっかり三代目に、富士屋ホテルにメロメロだった。

ウォルト・ディズニーがいかに狂気をはらんでいたか、最近では本なども出版されて私たちの知るところであるが、ホテルやテーマパークを創造する人というのは、ちょっと狂っているほうが、後々まで残る素敵なものをつくるのではないだろうか。と、チャップリンの横に並んで写っている三代目の写真を見ながら、しみじみと思った。ひげのせいで、普段着のチャップリンより完全に変な人だ。

現在、私の中で、富士屋ホテルはディズニーランド並に楽しい場所として記憶されている。働いている人たちも、全員が富士屋ホテルを愛しているのが伝わってきて、本当に素晴らしかった。まだ再訪できていないのが本当につらいのだが、先日、母と行った日光で、少しだけ三代目に触れることができ、心が慰められた。

日光では、これまたクラシックホテルとして名高い金谷ホテルに泊まったのだが、そこで宿泊客等が残したフィルムを使っての写真展が行われていた。なんとなく見ていた私は一枚の写真の前で、はっと胸をつかれた。そこには若き日の三代目の姿があった。まだひげを伸ばす前とはいえ、私が三代目を見間違えるはずがない。念のため、二年前、私が写真を見せながら三代目の魅力を熱く伝えたら、富士屋ホテルにまだ行ったことがないにもかかわらず三代目ファンになった編集者さんに、「これって三代目ですよね?」と写真を添付しメールをしたら、「ひげがまだ短い!」という返信があった。

三代目は、金谷ホテルの創業者の次男坊で、富士屋ホテルの婿養子となった人だったのだ。三代目を育ててくれてありがとう。私は金谷ホテルに心から感謝した。

(二〇一三年十二月)

文房具沼

文房具を買うのが好きだ。

特にペンとノートを買ってしまう。人と文房具の話をすると、このノートとこのペン一筋に決めているという人あり、ノートの紙質やペンの書き心地にこだわりを持つ人あり、それぞれの好みが窺えて面白いが、私はいろいろ買うのが好きなので、そういうわけにはいかない。こだわりなんか持ってしまうとたくさん買えなくなるではないか。特にノートは新製品も出るし、限定版も出るし、常に気が抜けない。

そうしていると、ストックがどんどんたまり、結局いつまで経っても使わないものが出てくる。ちょっと数えただけで、ノートは二十冊以上あるし、ペンも二十本以上ある。ストックというと聞こえがいいが、買う時に私が何も考えていない証拠だ。

文房具を見ているだけでも幸せなのだが、その一方で難儀なことに、私は使っていないものが部屋の中にあるという状態にストレスを覚える性格なので、文房具のストックがある限り、ストレスを抱え続けることになる。

また、使い出したものも、きれいに使い切れないと、これまたストレスに感じる。

きれいに使い切れないものの代表は、マスカラである。いまだに使い終わりがいつなのかまったくわからない。つくづく不思議なアイテムだと思う。服も、どの程度古くなったら捨てるかという判断に個人差があり、明確なガイドラインがないので、もやもやする。あと、家で仕事をしているとほとんど外に出ないので、服も化粧品も、使う機会があんまりない。たいがいノーメイクとパジャマで過ごしている。

それで言うと、ペンやノートは自分の仕事的に使おうと思えばいくらでも使えるし、使い終わりがはっきり存在しているので、そこも明快でいい。使い切った後の気持ち良さも好きだ。だけど、「買う量」と「使う量」のバランスが悪すぎる。あまりにもストックが減らないので、最近は、ノートとペンを消費するために、日記を書き出した。今までどうしても続けることができなかった日記も、この目的ができた瞬間、毎日続けられるようになった。こうなると私がノートとペンを使っているのではなく、ノートとペンに私が使われているような気がする。

さらに使い切るため、今年はどのノートをどの用途で使うか、しっかり計画を立てた。そしてとにかくどんなことでもメモをとることに決めた。最低でも十冊は使い切りたい。

あと、ペンが好きな大きな理由に、私が残量フェチだ、というのがある。自分でもよくわからないが、ペンのインクが減っていくのを見るのが本当に好きなのだ。多分、かわりばえのしない日常の中で、地味に何かを成し遂げているように感じられるからだと思う。

使い切る瞬間に日々近づいていると思うと、ぞくぞくする。

　普段よく使うペンが五、六本あるのだけど、一日の終わりに、私はインクの残量を必ず確かめる。ボディがスケルトンのペンはすぐにわかるが、スケルトンじゃないペンも、一本一本分解して、確かめている。たまに分解できないペンがあると、本当にがっかりする。

　減るのを見るのが何より好きなので、長持ちするインクに興味がなく、わかりやすくじゃんじゃん減っていくインクのペンが好きだ。このジャンルに、「コスパ」という概念は必要ない。「すぐ減るインク」という商品を出されたら、買いに走ってしまうと思う。

　そんなに変わらないだろうと思われる人もいるかもしれないが、結構インクによって違いがある。最近ようやく使い終わったペンは、見た感じもうインクが残っていないように見えるのに、いつまでたっても書き続けることができるので、呪いのペンかと途中から怯(おび)え出した。いつまでも死なないことから、ゾンビペンと名づけた。もうあのペンは買わない。

　そして、最近はとうとう万年筆にも手を出してしまった。万年筆好きの編集者さんと装丁家さんの、万年筆の話をするときのうっとりとした表情に惹かれ、ペリカンのインク吸入式のものを自分も二本買ってみた。赤いボディの通常のインクを入れるものと、黄色いスケルトンボディで、中のインクが透けて見えるハイライターインク専用のもの。どちらも非常に見た目がかわいい。

カートリッジ式のものは、LAMY のサファリとペリカンのペリカーノジュニアを以前から持っていて、わざわざ毎回インクを吸入するのなんてめんどくさいと思っていたのが、いざ使い出してみると、インクを吸入している時に、えも言われぬ幸せな気持ちに包まれる。今までペンのインクを自分で調節することなど考えたことがなく、メーカー側が、はいはい、入れときましたからね、と用意してくれたインクとインク量を受動的に消費してきたわけだけど、ここにきてはじめて、万年筆ならばインクとインク量に能動的に関われることに気づかされた。これこそ私が求めていたものの最終形ではないか。なぜ今まで気がつかなかったのだろう。

万年筆好きの編集者さんは、万年筆沼というものがあるのです、と、もう逃げられない、逃げる気もない腰までつかった諦念の目で語っていた。幼稚園で配られるクレヨン一式並みの本数がある万年筆をじゃらじゃらと並べて見せてくれた。私が万年筆を買う際にどのブランドの何について質問しても、的確な回答がすぐに返ってきた。もう生き字引と化している。はまってくると、今度はオリジナルで調合してくれるインクなどにも興味が出てくるそうだ。先日も「ガンダルフ」と命名したインクを調合してもらったらしく、「もちろん灰色のインクです！」と幸せそうなメールが来た。

現在、私は万年筆沼の浅瀬をうろうろしている状態である。前述の二本のほか、新たに一本の購入を検討している。調べてみると、ペン先もいろいろあり、字の太さもメーカーによって違うようで、しかもボディも素敵なものがたくさんあって、一本では済まなそうな予感でいっぱい。心の赴くまま買っていたら、すでにインクも六本になってしまった。使い切らないといけないものが、また増えてしまった。

（二〇一四年一月）

フィギュアスケートの季節

フィギュアスケートを見るのが好きなので、冬になるとうれしくなる。グランプリシリーズが幕を開けるからだ。最近は見そびれることも多いが、ある時期などは全大会をテレビで観戦していた。少しでも詳しくなりたいと思い、フィギュアスケートを長年追いかけているスポーツ記者や選手の本を読み漁り、フィギュア関連の特集が載っている時だけ『Number』を熟読。最終的にはなぜかニコライ・モロゾフコーチの本まで読んだ。いろいろ書いてあったはずなのだが、今思い出せるのは、髙橋大輔は昔ダサかったが、俺のアドバイスのおかげでオシャレになった、とモロゾフが言っていたことだけだ。髙橋選手は怒っていい、と当時思ったのでよく覚えている。

本のおかげで基本のルール、ジャンプやステップの種類、採点方法等は理解したのだが、どれだけ見てもジャンプの回転数を見極めることができない。私にできることは、ジャンプに成功した選手にテレビの前で歓声を上げ、失敗して転んでしまった選手の姿に「ああっ！」と叫ぶことだけである。

だから解説はありがたい。試合中、「回転が足りません」「あ〜、回りすぎちゃいましたね」などの解説を聞いていては、そうなのかと一緒になって一喜一憂する。

八木沼純子や荒川静香の解説はわかりやすくてとても助かる。荒川さんは、「○○選手のスケート人生において」というフレーズをよく口にするのだけど、そのシーズンだけではなく、選手の成長をロングスパンで見守ろうという視点に毎年大変感銘を受ける。視線が温かい。出場している試合の結果はもちろん重要だが、うまくいかなかった際でも、次の課題が見えたと、選手たちもよく試合後のインタビューで言う。なので、浅田真央選手が何度失敗しようと試合に出続け、一年かけてジャンプを修正したシーズンには、本当に感動した。

スケートリンクは不思議だ。練習で上手くできたことが本番で突然できなくなる。一日目のショートで絶好調だったのが、二日目のフリーではジャンプで転倒が続いてしまうこともある。どうしてもうまくいかないシーズンもある。選手たちのそういう姿を何度も見てきた。それでも選手たちは、恐れずにリンクに出てくる。転倒しても最後まで滑り切る。その努力や根性には本当に胸打たれる。全員が「漢(おとこ)」だ。

ところで、グランプリファイナルの後には、全日本選手権がある。この放送が毎年問題なのである。女子グループの実況がどうにも変なのだ。というか、この時だけフィギュアスケートの実況に現れる男性アナウンサーがどう考えても異彩を放っているのだ。

はじめに、あれ、おかしいなと思ったのは、もういつのことだか覚えていないが、選手の演技中や演技後に、「笑顔」について、彼がやたらと言及することに気がついた時だ。「見てください、この笑顔」や「○○（選手の名前）スマイル」、いい結果が出なかった選手に対して「いつもの笑顔が出ません」等々。当時笑顔がとりわけ印象的な女子選手がいたのだが、彼女はそのアナウンサーに完全にロックオンされており、出てくる度に、とにかく笑顔の良さが強調されていた。女と見ると、「笑顔」「笑顔」とすぐ言ってくる男の人に普段から拒否反応が出る性質なので、一度気になった瞬間、その実況のすべてが気になりだした。

まず、「笑顔」を連発するだけでなく、選手のことをすぐに「プリンセス」や「ヒロイン候補生」などと呼ぶ。「ヒロイン」はまだわかるが（「プリンセス」は論外）、「候補生」は完全におかしい。なぜなら全日本選手権に出ている時点で、彼女たちは全員才能があり、つまりは全員が既に「ヒロイン」だからだ。というか「選手」だ。女子の選手たちは、きらきらしたメイク、きらきらした衣装を身につけてはいるが、精神的にも身体的にも完全なアスリートなのである。ナメてもらっちゃ困るのである。

そうであるにもかかわらず、選手たちの日々の鍛錬の成果である演技中に、彼はカタカナ語を乱発した謎の実況というかポエムを次々に紡いでいく。

例えば、二〇〇七年の、『タイタニック』のテーマ曲に合わせて演技中の鈴木明子選手に対する実況が、「もう沈んだりしません　タイタニック」「彼女の苦労を知っていればディカプリオだって手を差し出すはず」だったことをお知らせしたら、その不思議さが伝わるだろうか。これは普通に実況じゃない。何なのかわからない。

あまりにも不思議なので、昨年の全日本選手権の女子フリー放送の際に、彼の実況を一部ディクテーションしてみた。文字に起こしてみると、ますます異様さが際立ち、やっぱりこの人はおかしいとほとほと嫌になった。

二〇一四年のオリンピック出場選手を決めるシーズンだったこともあり、いつもの「ヒロイン候補」が、「日の丸ヒロイン候補」にマイナーチェンジ。「今井の明るくさわやかなイメージが」「カナコスマイルとともに」等、「笑顔」推しも健在。しかも「笑顔」推しが行き過ぎたのか、勝手にカナコ呼ばわりされた村上佳菜子選手が演技に入る際に、「(うまく演技をして) 顔をくしゃくしゃにしてみよう　村上」と言っていた。

また、「カナコスマイルとともに」というフレーズを先ほどご紹介したが、この「〜とともに」は毎年とにかく多用される。今年も私が三十分程ディクテーションしただけで、「成功とともに」「さあ、今そのピアノの鍵盤の音が心臓の鼓動とともにリズムを速めていきます」「最終滑走者として　しっかりとここは決めておきたかったという思いとともに」等、ざくざく豊作だった。何を指しているのかわからない「その」も多用する。特に、「最終滑走者として〜」は勝手に選手の心情をアテレコしており、こうなってくると、テレパシー実況である。

浅田選手の演技前には、「トリプルアクセルに向けてのコンセントレーションです。今、その滑走路を確かめました」と実況（その後、前述の「さあ、今そのピアノの〜」と続く）。解説者席に同席している八木沼さんや荒川さんは毎年どのような気持ちで彼のポエムを受け止めているのだろうか。下手すると、彼の手元に置かれたポエムノートを、気を遣って見て見ないふりをして過ごしているのではないだろうか。私なら耐えられない。

中でも今季一番だなと思ったのは、オリンピック出場が決まって感涙する鈴木選手の映像に合わせて、「28歳　はじめての頂点　最後の舞台　ここで本当の涙が流れていく　鈴木明子。スケートにめぐりあってよかった　挫折しても　あきらめないで　夢をつないでだからこそ　最年長28歳となっても　そして最後の全日本とはいえ　まだ次に大きな舞台につなげてみせました　鈴木明子です」と、テレパシー実況を折り込みながら、長々と紡いだこの一節だ。のど自慢じゃないぞ。

この実況ポエムの間に、鈴木選手は優勝者インタビューが行われる場所に移動したのだが、インタビューをするため待ち構えていた女性のアナウンサーは、開口一番鈴木選手にこう聞いた。

「その流れた涙は何を物語りますか？」

恐ろしいことに、彼の実況ポエムは伝染するのだ。

これ以上不思議なフレーズを採集しなくてもすむように、来シーズンからは、この実況の男の人の声だけ消せる消音ボタンを発明して欲しい。現在のテクノロジーなら、私の要望をきっと可能にしてくれるはずだ。

（二〇一四年一月）

年越しマトリックス

毎年、どう過ごすのが正しい暮れなんだろうと考えてしまう。自分はちゃんと暮れを過ごせているだろうかと落ち着かない気分になる。何か特別なことをしないといけないような気がして、ちゃんと暮れを過ごさないと来年にも響くような気がして、プレッシャーを感じる。おせちもお雑煮も自分にはハードルが高く、ケーキを食べていればなんとかなる誕生日やクリスマスは、正月と比べると大変楽である。

しかし、正しい暮れなどないんだと、普通に過ごせばいいんだと、昨年末になぜか強い気持ちで思い、そういうわけで、昨年の年越しは、『マトリックス』のＤＶＤを見て過ごした。

『マトリックス』は一九九九年の公開時に社会現象になった映画だが、私は見ないままここまで来てしまい、今回はじめて見た。そもそもマトリックスがどういう意味なのかわかり、そういうことだったのかと感心した。この世は、あれもそれもこれも、すべてマトリックス、つまりつくられた虚構の世界なのである。皆は十五年くらい前にこの映画を見て、鑑賞後は「おれが今食べているラーメンもマトリックス、おれが今着ているこのスタジャンもマトリックス」という感慨を抱き、日常を疑いながら日々を送っていたんだなあと思ったら、少しうらやましくなった。私ももっと早く「この世はマトリックス」という視点を与えてもらい、楽しみたかった。今の私では、そうすか、みたいな気持ちになってしまう。

そのまま続編にあたる『マトリックス　リローデッド』も見た。一昔前のサングラスにブランドもののコートやボンデージスーツなど、今見ると若干恥ずかしさを覚えるマトリックス世界の人々の服装にいまいちテンション上がらなかったのだが、続編には素敵なキャラが登場した。

その名も、キーメイカー。キアヌ・リーブスたちネブカドネザル号の仲間たちが探している、物語の鍵をにぎる存在である。サングラスとスーツの男たちがうようよいる、豪華なお屋敷の中に幽閉されている重要人物キーメイカー。どうせまたスーツにサングラスだろうとどうでもいい気持ちで見ていたら、壁一面鍵だらけの小部屋にいたのは、小柄なアジア系のおじさんだったので、一気に親しみが湧いた。ザ・昭和の職人といった出立ちで、眼鏡に前掛け、頭にはサンバイザー（らしきもの）。ちょこちょこ走って逃げる姿も素敵だ。「キーメイカーの一日」という、キーメイカーが鍵だらけの小部屋で一日鍵をつくっているだけの映像のほうがむしろ見たい。近未来的ないくつも扉が並んだビルの中を、キーメイカーが扉を開け閉めして逃げるシーンも非常に良かった。キーメイカー大活躍だ。しかし、キーメイカーは銃弾に倒れる。キアヌはなすすべなく、死にゆくキーメイカーを見つめる。私、がっかりである。

ここで、二十三時四十五分になったので、一度ＤＶＤを停止し、ＴＶの『ゆく年くる年』にチャンネルを合わす。『ゆく年くる年』だけは見たい。暮れの寺や仏像、日本の名所の厳かな姿を見ることができるので大好きなのだ。ゆく年パートが十五分、年をまたいで、くる年パートが十五分、合わせて三十分番組なのが残念でならない。夜中じゅうやってほしいと思う。

今回は、唐招提寺の仏像がはじめに映って、めちゃくちゃ荘厳だった。年が変わると、初詣で新年を祝っている人々の姿に変わり、映像がお祭りモードになった。その時急に気がついたのだが、私は『ゆく年くる年』が好きなのではなくて、「ゆく年」が好きなのである。つまり前半の十五分だけだ。わいわい騒ぐ人たちは見たくないので新年明けてすぐは初詣に行かないぐらいなのだから、「くる年」はそんなに見たくないのだ。なので、正しく言うと、私は「ゆく年」を夜中じゅうやってほしいと思う。

「くる年」が終わったので、『マトリックス　リローデッド』に戻る。再び、サングラスとスーツの世界である。キアヌの運命の恋人トリニティーがピンチに見舞われ、キーメイカーに続き、彼女もまた銃弾に倒れる。しかし、架空のマトリックスの世界の中にいるキアヌは、うまくコントロールさえできれば、なんだってできる。彼は、トリニティーの身体に手を突っ込むと、彼女の身体に撃ち込まれた弾丸を取り出した。彼女は息を吹き返す。ほかの仲間たちは、「すげえ！」と歓声を上げている。抱き合う運命の恋人たち。ちょっと待て。私は憤慨した。なぜこの技を、さっきキーメイカーにもやってくれなかったんだろう。そうすれば、キーメイカーの活躍をもっと見ることができたのに。一作目にもこういうシーンがあったが、二人の愛の奇跡とかマジやめてほしい。がっかりして、その日は三作目にあたるシリーズ最終章を見る気を失い、新年早々ふて寝に近い状態で眠りについた。

（二〇一四年二月）

Ponyo is not a lovely name.

これは、だいぶ以前にとある友人に聞いた話だ。

ある日、その友人はテレビで英会話講座を見ていた。その日は、日本の文化を説明する時の英会話についての回だったそうで、例文を紹介するためのよくあるミニドラマが流れたのだが、それはこんな内容だったらしい。

どこか外国の飛行場で、とある日本人が税関で手荷物チェックを受けようとしている。飛行場の職員が話すのはもちろん英語。日本人が手荷物であるリュックをがばっと開けると、中に入っていたのは、大きめのこけし一体のみ。

「What's this?」

こけしを指差した職員はそう問う。そりゃそうだろう。テレビの中の日本人観光客は、

「This is Japanese Kokeshi.」

とはっきり宣言した後、こけしの説明をぺらぺらとはじめたらしい。

そのミニドラマを見ていた友人は思った。こんなことされたら困る、と。これではまるで、日本人は外国に行く時に、手荷物にこけしを持ち歩いているみたいではないか。こけ

し以外の荷物はいらないみたいではないか。そして日本人なら誰でも、こけしについて問われたら、朗々と説明をはじめるみたいではないか。そういう間違った印象を、この番組を偶然見た外国の人に与える恐れがあるではないか。困ったことをしてくれたものだ、と。

確かにそうだとそれを聞いた私も思った。日本的なアイテムを説明する際の例文をつくりたいなら、ほかにシチュエーションはいくらでも思いつける。そんなことは絶対にないと思うが、作り手の企画が仮にこけしありきだったとしても、こけしが最重要ポイントだったとしても、ほかにもっと自然な場面があるはずだ。

こけしを売っているお店に外国人観光客が来店する。

「What's this?」

こけしを指差し問う彼らに、店員さんが朗々と説明する。

「This is Japanese Kokeshi.」

このほうがだいぶ自然だ。ほかにもいくらでも自然な場面は思いつける。なのになぜ日本の文化を説明するために、リュックにこけしだけ入っている人を、その番組の人たちは創造してしまったのだろう。これに比べれば、いろいろ不自然で強引な英会話文が続々と登場する中学校の教科書だって、まだ自然な例文が載っているような気がする。

この話を聞いて以来、困ったことをしてくれたものだという気分に襲われた時に頭の中に浮かぶのは、手荷物チェックカウンターの上のこけしの姿である。実際には私がその映像を見たことはないのだが。

ところで、ジブリ作品は外国でも人気だ。外国でも吹き替えで公開され、その際ハリウッドの有名俳優たちが声優で出演することもよく知られている。『となりのトトロ』のサツキとメイの吹き替えをしたのは、まだ幼かったダコタ・ファニングとエル・ファニング姉妹である。アフレコ現場の映像を見たら、小さい頃の二人が元気いっぱい「Totoro!!」と叫んでいて、大層愛らしかった。

問題は、「ポニョ」である。

『崖の上のポニョ』が外国で公開された時、私は不安にかられた。あのシーンが海の向こうで大きな誤解を生まないだろうかと。私は、飲み会や職場などで誰でも一度は経験しているだろう「自分にとってのジブリ映画ベスト3」告白大会では、必ずポニョを入れるくらいポニョが好きな人間である。しかし、あのシーンは危険なのだ。

さかなの子ブリュンヒルデは、ある日、人間の少年宗介にポニョと名付けられる。『人魚姫』のように人間の姿を手に入れたブリュンヒルデは、ポニョという名前を大層気に入る。その後は、自分はポニョだと、人間世界で楽しくポニョポニョ過ごすようになる。ポニョは本当にかわいい。私はポニョが大好きだ。

ある日、ポニョは自分の母親グランマンマーレに再会する。娘がポニョという新たな名前を手に入れたことを知ったグランマンマーレは、こう言う。

「ポニョ、いい名をもらったのね」

私が心配だったのはこのシーンだ。日本人にとって「ポニョ」という名前は「いい名前」だと外国の人たちに思われたらどうするのだ。それはとんでもない誤解だ。あのシーンを見た時におそらく日本人の観客全員の心に浮かぶであろう、「ポニョ、いい名前じゃないだろ」という総ツッコミは、ちゃんと海を越えて伝わるのだろうかと。伝わるはずがない。『崖の上のポニョ』の作品としての素晴らしさは海を越えて伝わるだろうが、そこまで伝わるはずがないのだ。

その後、英語版でも、「ポニョ」は「ポニョ」のまま吹き替えられたらしいという噂を聞きつけますます不安になった私は、英語版を見てみることにした。

問題のシーンで、グランマンマーレの吹き替えをやったケイト・ブランシェットはこう言った。

「Ponyo, what a lovely name.」

ほとんど日本語と同じような感じである。しかもケイト・ブランシェットのあの素敵な声で言われたら、ますますいい名前みたいだ。これでは海の向こうでは、「Ponyo」は日本人にとってのいい名前だと全員が思っていることだろう。日本的な名前といえば、頭の中にまず浮かぶのが「Ponyo」だろう。下手すると、「Ponyo」という名前の子どもが実際にいると思っているかもしれない。困ったことをしてくれたものだ。

それ以来、私はポニョの英語版を見た外国の人に会った際は、ぜひ誤解を解きたいと思っている。「Ponyo」はいい映画だが、いい名前ではないと。日本人として、そうちゃんと伝えたい。伝えていきたい。

ただ、ポニョを見た人と見ていない人の判断がまったくつかないのが問題である。

「ポニョを見たことがありますか？」

まずこちらからそう話しかけなければいけないことになり、その時点で、英会話講座のミニドラマのような奇妙なことになってしまいそうなのが困る。

「Ponyo is not a lovely name.」

というメッセージが書かれたTシャツをつくって、浅草やスカイツリーなど海外からの観光客がたくさん訪れそうな場所に行く時は着るようにしたらいいかもしれない。それとも、叶うなら、お土産物屋さんでこのメッセージTシャツを売ってほしい。そうすれば、このメッセージが海を越え、少しずつ浸透し、「Ponyo」の誤解が解ける日も来るかもしれない。

（二〇一四年二月）

それぞれの好きなように

バレンタインが終わってしまった。かわいい箱や缶が好きなので、チョコレート専門店がこぞってかわいい包装の商品を売り出すバレンタインは、非常にありがたいシーズンである。今年は駅前のデパートに前から気になっていたお店が軒並み出店してくれたおかげで、普段はなかなかお店まで行く機会がなく、でもいつか手に入れたいと思っていた商品を手中にあっさりと収めることができた。この街に住んでいて良かったとしみじみ思った。

しかし、考えてみれば変な話である。あれほどまでにかわいい包装にしても、それを喜ぶのは、たいがいの場合、もらう側ではなくあげる側の女性なのである。もちろんかわいい包装を理解することができる男性もいるであろうが、私がこれまで見てきた感じだと、だいたいの男性は、もらう数しか重要視していないようだ。かわいい包装がもったいない！　その限定缶、私にくれ！　そんな気持ちに何度なったことだろう。日本のバレンタインの、あげる側ともらう側を逆にしてほしい。

まあでもそんなことをしなくても、最近では、自分や同性の友達用にチョコレートを買う女性も多いようだ。今年も、交わしている会話から察するに、男性にあげる目的で買っているのではなさそうな女性たちを、かわいい箱や缶天国ことチョコレート売り場でたくさん目にした。そのほうがいっぱい売れてチョコレートのお店もうれしいだろうし、女から男にあげるもの！という習慣がゆるくなった感じで、こっちにしても風通し良く思える。

バレンタインといえば、去年、タンブラー（私はタンブラー中毒だ）でこんな投稿が流れてきた。

アメリカのある高校で、ある女子生徒がバレンタインデーの日に登校したら、学校の入り口で生徒会が何かを配っているのを目にした。彼女が近づいてみると、水色やピンク色の紙をハート形に切り抜いたもので、女子生徒たちは皆一人一枚ずつこのハートを生徒会より手渡されている。これは生徒会主催のゲームで、女子生徒はその日はじめに話した男子生徒にこのハートを渡さないといけない。新たにハートをもらうことはできず、誰かに渡した時点でゲームは終了。しかし、男子生徒側は、ハートをいくつでも集めることができ、ハートの数によって、学生食堂の食券がもらえるとかなんとかそういうルールだった。

これを目撃した女子生徒が書いた投稿によると、生徒会が定めたルール通りゲームに参加している子たちもいたけれど、少なくない数の女子生徒たちが手渡されたハートを胸にピンでとめ、男子生徒にはあげないというアピールをしたそうだ。それもハートにマジックで、「あげない」「いや」「（このゲームは）性差別だ」など一言書いて。彼女たちが胸に掲げたハートの画像もいくつか添えられていた。ちなみに、この女子生徒によると、ゲイの男の子がハートをもらおうとしたら、生徒会に断られたそうだ。

この投稿はタンブラーで大人気だった。リブログされては広がっていき（タンブラーでは自分が気に入った画像や文章をリブログして広めていく）、「よくやった！」「女の子側にはハートを一つしかあげないのに、男の子側はいくつハートをもらってもいいなんて、処女性をありがたがる社会の縮図だ」などのコメントがどんどん並んでいった。もちろん私もこの投稿を読んで、ものすごく格好良いと思ったし、なんだか元気が出た。自分だったら、ハートを誰かに渡したふりをして、実際は隠すか捨ててしまうだろうに、彼女たちはちゃんと胸にピンでとめて、意思表示したことが本当に素敵だと思った。

このエピソードで思い出したのは、アメリカの学園映画『小悪魔はなぜモテる?!』のことだ。ナサニエル・ホーソンの『緋文字』を題材にしたこの映画の原題は『Easy A』で、ものすごく酷い邦題を付けられてしまったのだけど、素晴らしい作品だ。

エマ・ストーン演じる女子高生オリーヴはまだ処女なのに、なりゆきで親友にもう経験したと嘘をついてしまう。その噂は熱心なクリスチャンである生徒会長のせいで、学校中にあっという間に広がる。同じ頃、ほかの男子生徒たちからいじめられているゲイの同級生ブランドンに彼女のふりをしてくれと頼まれたオリーヴは、学内で生きづらそうにしている彼のため、その頼みを受け入れる。それ以来、学内のマイノリティ側の少年たちに請われるまま、彼女は彼らと関係を持ったふりをし続ける。そのせいで保守的な生徒会に目をつけられた彼女は、「淫売」のレッテルを貼られ、非難されることになってしまう。

『緋文字』の主人公は牧師と姦通したことで罪に問われ、不実の証として胸元に赤く「A」と縫い付けられた服を着なくてはならない。授業で『緋文字』について勉強していたオリーヴは、お前らがそう言うんだったら望むところだと、胸元に「A」のかたちの赤いワッペンを自ら縫い付けた服を着て登校するようになる。「A」を胸につけた彼女は、堂々と学内を歩いていく。

ハートを胸にピンでとめた女子生徒たちが、そのオリーヴの姿と重なった。現実の世界でも、映画や小説などの非現実の世界でも、素敵でかっこいい女の子たちに出会うと、心が元気になる。

（二〇一四年三月）

いい壁

二冊目の単行本『英子の森』が二月に出たので、その前後で、雑誌や新聞に取材して頂く機会があった。去年はじめての単行本『スタッキング可能』が出た際に取材してくださった方々にも一年ぶりにお会いすることができて、大変うれしかった。

一年ぶりでも、一年前に印象に残った出来事が、今年もやっぱり印象に残るのが、面白かった。

ライターMさんは、去年メモ用ノートがジャポニカ学習帳であることが非常に印象深かったのだが、今年もかばんからジャポニカ学習帳が出てきた。今年もですね！と思わず言いそうになったが、我慢した。

だいたいの場合、取材を終えると、いつ頃ぐらいにゲラをお送りします、と編集スケジュールを教えてくれる。それまでにライターさんが原稿を書いたり、デザイナーさんがページをデザインしたりするわけだけれど、ゲラになるまでの工程はこっち側には直接関係ないので普通は知らされない。

その点で、女性誌の記者Sさんは、ひと味違った。去年取材の際にSさんは目の前にあるカレンダーを指差しながら、「私はこの日に原稿を書くから、○日ぐらいにゲラを送るわね」と、自分が原稿を書く日をなぜか教えてくれたのだ。至極当たり前の調子で、「この日に書くから」と言い残して、Sさんは帰っていった。この原稿を書く日はこの日、とはっきり決まっているのがすごいと思った。私ならもっと行き当たりばったりになってしまう。やっぱ明日書こ、などとすぐ思ってしまうので、堂々とこの日に書きますと宣言する勇気がない。

そして今年もSさんは取材してくださった。取材がはじまった時は一年前のその出来事についてはは忘れていたのだが、一時間ほど話して取材が終わった後、Sさんは言った。「○日に原稿を書くから」。その瞬間、ぱっと記憶が甦った。今のところ、自分が原稿を書く日まで教えてくれるのはこの方だけである。

取材があると、写真を撮ってもらうことが多い。今回、締め切りやら何やらであまり遠出することができなかったので、私の住んでいる街まで来て頂くことが多かった。だいたい約束の時間の前に、ロケハンなどをして、写真を撮る場所を探してくださっているようだ。

ある時、「いい壁を見つけたんですよ!」と編集者さんが太鼓判を押した、駅前のとある建物の壁の前で写真を撮った。普段からよく通る、何の変哲もない建物だ。「これはいい壁なんですか?」と私が聞くと、「上に文字を載せられるので、この壁はいい壁です」

とのこと。知らなかった。これはいい壁だったのだ。そして、この世には、いい壁と悪い壁があるのだ。新しい視点を与えてもらったとうれしく思った。

その後、一日にいくつか取材が入っている日があった。一つ目の取材の編集者さんとカメラマンさんが、いい場所を見つけたんです、と言いながら私を誘った場所は、またあの壁の前だった。前回とは少し場所がずれるが、やはり同じ建物である。カメラマンさんが、「この壁はいいですね」と言う。そうか、やっぱいい壁なのか。ふむふむと私は頷く。

写真を撮り終わって戻ろうとしていると、ロケハン中だった次の取材の皆さんに声をかけられる。これまた少し場所はずれるが、同じ建物の少し違う雰囲気の壁にたどり着いておられた。私のその壁を見る目が完全に変わったのは、この瞬間である。この壁はすごい！

今後、もしまた取材で写真を撮ってもらうことがあれば、「いい壁があるんですよ、げへへ」と自ら案内したいくらいだ。すでに三件も事例が集まっているので、こちらも安心だ。この壁なら、きっと皆さん満足してくださるはず。最近では、その建物の前を通る度に、「これはいい壁」と、心の中で独り言ちている。そのうち、通る度に壁をなでなで触ったり、まんじゅうやお花をお供えするようになるかもしれない。偶像崇拝のはじまりである。

（二〇一四年四月）

オーサーとプーさん

確かに羽生選手にくまのプーさんは非常によく似合っているが、ブライアン・オーサーにもプーさんは異常に似合っていることを、我々は見過ごしてはならない。

今年のフィギュアスケートのシーズンはオリンピックがあったことに加えて、羽生選手が男子で金メダルを獲得したこともあって、大変盛り上がった。氷上の表情とは違い、普段の彼がくまのプーさんを愛する十九歳であることもすぐに話題になった。

スケートリンクは寒いので、大会の際、フィギュアの選手はティッシュを持ち歩いている。リンクのへりに飲み物と一緒にティッシュの箱が置かれていたり、演技の前に選手がそれで鼻をかんだりするのを、見たことがある人も多いだろう。

羽生選手のティッシュカバーはプーさんのぬいぐるみ状のものである。側にあると落ち着くということで、常に持ち歩いているようだ。ネットなどでも、羽生選手とプーさんが一緒に映っている映像をまとめたものがいくつもあり、見ていると、うんうん、これはまとめたくなるよね、と何度もうなずきたくなるようなお似合いぶりである。そして何度も繰り返し再生してしまう。

羽生選手は、演技中の姿と普段の姿のどちらも、かかったら最後、決して逃れられない罠のような魅力の持ち主であるため、私は彼と同年代でなくて本当に良かったと思う。同年代だったら、好きになりすぎて、雑誌の切り抜きを集めること（いまだとネットで画像を集めるのだろうか）に精魂を傾けてしまい、受験どころじゃなくなっていただろう。羽生廃人になっていたかもしれない。

繰り返し羽生選手の映像を見ているうちに気づいたのだが、彼のコーチは、歴代プーさんを持たされる宿命にあるようだ。普段は自分でプーさんを持ち歩いている羽生選手だが、演技や練習の際などにはコーチがかわりにプーさんを抱いている姿が映像には多数残っている。

なかでも二〇一二年からコーチを務めているブライアン・オーサーは、プーさんが本当によく似合う。演技中の羽生選手をプーさんと一緒にリンクサイドで見守るオーサー、羽生選手の後ろをプーさん片手に歩くオーサー、羽生選手からプーさんを手渡され微笑むオーサー。オーサーとプーさんの素敵な瞬間をカメラはたくさん残してくれている。そもそもは羽生選手を捉えた映像に偶然映り込んでいるだけなのだが、気がつけば、羽生選手とプーさんのそれよりも、ぐっときている自分がいた。

なぜこんなにも心を打つのかとよくよく考えてみれば、現在のブライアン・オーサーは、わりとプーさん的な体型の持ち主なのである。夏のオーサーのことはあまり知らないが、フィギュアのシーズンが冬であるため、着膨れたオーサーを目にすることが多く、プーさん感にますます拍車がかかる。彼がプーさんを手にしていると、まるで大きなプーさんと小さなプーさんが、羽生選手のまわりを固めているという印象があるのだ。

特にネットで拾ったオーサーとプーさんがリンクサイドで羽生選手の演技を見守っている様子を横から捉えた画像は、主人であるクリストファー・ロビンの帰りを静かに待っている二匹のプーさんといった趣が強く、お気に入りの一枚である。常にデスクトップに置いてあり、仕事に疲れたら見ることにしている。下手すると、一日に五、六回は見ている。

それにしても、まさかオーサーも、こんなに自分がプーさんを持たされるはめになるとは想像もしなかっただろう。自分とプーさんが異常に似合うということも。この先のシーズン、誰が羽生選手のコーチを務めるのか知らないが、そろそろ契約書に書いておいてもいいかもしれない。羽生選手のコーチになると、プーさんを持たされることがありますと。

さらに今年の冬は、乙女男子の心の妄想を、フィギュアスケートの演技を通して爆発させている町田選手が素晴らしい結果を残したシーズンでもあり、一月から三月まで締め切りが重なって非常事態に陥り、まったく外に出ることができなかった私ではありますが、大変充実した冬を過ごせたという実感とともに春を迎えております。町田選手のエアギター最高。

（二〇一四年四月）

各駅停車のパン事件

先日電車に乗っていたら、ある駅で停まった時に、ホームにブザーが鳴り響いた。ブザーがものすごい音なので、わざわざ席を立って、外に見に行く人もいた。すぐに事態を確認しますというアナウンスが車内に入り、開いている扉の向こうを、駅員さんたちがホームを右に左に駆けていくのが見えた。絵に描いたようにバタバタしている。その様子を見ていたら、『トムとジェリー』など、外国の昔のドタバタアニメを見ているような気持ちになった。

その時、ちょうど私の近くの扉のあたりで、ベビーカーを引いている女の人が気まずそうに駅員さんを呼び止めて、もごもご言うのが聞こえてきた。そういえばさっきから、もう一人のベビーカーを引いた女の人と、どうしようどうしようと、おろおろした様子で言っているのが視界の隅に入っていた。

「あの、えーと、パンが、そのパンが」

「はい、パン？」

聞き返された女の人は観念したかのように、はっきりと言った。

「あの、パンが落ちました」

駅員さんが信じられないというように復唱する。

「えっ、パンですか？」

「はい、パンです」

「パンを落としたんですか？」

「すみません」

どうやらパンが線路に落ちたことで、緊急ブザーが鳴ったらしい。もしかしたら、ベビーカーの子どもが手に持っていたのを落としてしまったのかもしれない。パン一つであんなすごいブザーが鳴るのか。私は線路のセンサーの精度に感心した。

パンを落としたと女の人の自己申告を受けた駅員さんは、直ちにトランシーバーで駅員仲間たちに報告した。

「パンが落ちたそうです」

トランシーバーの返答も聞こえてきた。

「パンですか？」

駅員さんは、もう一度言う。

「パンです」

トランシーバーのやりとりだけでなく、ホームでも声が飛び交う。

「パンが落ちたそうです」

「パンが落ちた？」

「はい、パンです」

また違うところから大きな声が聞こえてくる。

「パンだったそうです」

「えっ、何ですか？」

「落ちたのはパンだそうです」

口々にパンと言いながら、駅員さんたちが目の前を右に左に走っていく。パンという情報がどんどん伝達されていく。駅員さんたちの口から、まるで重大事件のように、パンという言葉が発せられるので面白かった。ベビーカーの女の人はその間ずっと気まずそうだった。まさかこんなことになるとは、彼女も思わなかったことだろう。

車内は、なんだパンか、という雰囲気で皆ホッとした様子だ。パンだって、と笑っている学生たちもいる。物々しいブザー音から一転、パンという単語のおかげで、平日昼間の平和な出来事が一丁上がりだ。

パンが落ちたと聞いた時、私の頭の中に浮かんだのは、クリームパンとかアンパンとかメロンパンとか、そういう丸っぽいパンだった。商店街のパン屋さんで買ったに違いない、透明なビニール袋に入れられたパンだ。もちろんわかるはずもないが、ほかの乗客たちが思い浮かべたのもきっとそんな感じではないだろうか。いきなり食パン一斤とか棍棒みたいなフランスパンとか、トマトと生ハムとチーズが挟んであるバゲットサンドとかが頭に浮かぶ人はそんなにいないだろう。きっと小さな頃からずっとある、シンプルで牧歌的なやつを思い浮かべたはずだ。それはパンという言葉が有する、どんなに頑な心もするするとほどいてしまうような、圧倒的に間の抜けた響きに原因があるような気がする。パンという言葉を聞いた瞬間、それぞれの、パン＝シンプルでおいしいもの、という根源的な記憶がパブロフの犬のように湧き上がってくるのだ。

パンを線路から回収できたのかどうかはわからなかったのだが、もしかしたら拾い上げられて、無事持ち主の元に戻ったのかもしれない。落としたのがベビーカーに乗っている子どもだったとしたら、いきなり自分のパンが消えてしまって、悲しかったことだろう。最終的に、「線路にパンが落ちたため、四分遅れで出発します」とアナウンスが入り、電車は動き出した。四分という時間が、長いような短いような不思議な気分だった。自分の体感と合わない気がした。

すぐにパン事件は過去の出来事となった。乗客たちは話したり、スマートフォンを操作したり、音楽を聴いたりと、思い思いに過ごしはじめた。電車は、地下から地上に出る。さっきのパン事件がまるでなかったかのように、スムーズに停車と発車を繰り返す。人が降り、新たに乗ってくる。もう誰もパンを落としたりしない。線路に落ちたのがパンだとわかった時の、車内の楽しげな雰囲気もどこにも残っていない。

電車に運ばれていきながら、どんなパンだったのかちょっと見たかったな、と思った。

（二〇一四年五月）

路線バスとリュック

テレビは日常的にはあまり見ないのだが、いつも新作を楽しみにしている番組がある。『ローカル路線バス乗り継ぎの旅』という、三泊四日でローカルバスを乗り継いで目的地を目指す番組だ。太川陽介（以下、タガワさん）と蛭子能収（以下、エビスさん）、そして毎回違う女性ゲスト一名が、このスマホ時代に地図と路線図、そしてバスの運転手さんや乗客から収集した情報だけを頼りに、ひたすら路線バスを乗り継ぎ、ゴールを目指すのだ。三泊四日でたどり着けず、失敗する回だって余裕である。はじめは何の気なしに見ていたのだが、いつの間にかすっかりこの番組のファンになっていた。

インターネットで情報を調べてはいけないルールなので、駅前のバス停や観光センター、乗ったバスの運転手さん、そこらに停まっているバスの運転手さんに三人はどんどん質問して、ルートや乗り継ぎの情報を集める。リーダーのタガワさんは、常に地図とにらめっこしており、通ったルートに赤線を引いていく。バスで移動中も、ほかの二人が寝ている間にぎらぎらした目で地図をにらみ、ルートを考えている。地図がその熱で燃えないのが不思議なくらいの目力である。

印象的なのは、バスの運転手さんが、当たり前のことながら、何でも知っているわけではないということだ。自分の受け持つルート以外は、同じ街のことでも知らないことも多い。「多分そうだと思う」「ないと思う」と運転手さんが曖昧な返答をする際など、間違ったルートを選択すると命とりになるので、タガワさんが「それはわからないってことですよね」と念を押したりもする。「じゃあ、それを信じましょう」とタガワさんが言う時など、運転手さんからしたら、ものすごいプレッシャーではないだろうか。

私が大好きだったのは、ルートを知りたい三人に囲まれたバスの運転手さんが、「桃ノ木というバス停があって」と言ったところ、タガワさんに「桃ノ木?」と聞き返され、「はい、桃ノ木です」と繰り返したものの、地図を覗き込み「桃ノ木」を探す三人に、「……すみません、桜の木でした」とちょっとしてから恥ずかしそうに訂正した場面だ。

「路線バス乗り継ぎの旅」でありながら、乗り継げないことも多いのが面白い。地方のバスの本数の少なさには国内旅行の際に驚くことがあるが、この番組を見ていると、本当に少ないことに圧倒されっぱなしだ。この春放送されたばかりの最新作、山口駅から室戸岬のルートでは、ようやくたどり着いたバス停の時刻表が、無惨にもボロボロに剝がれていて、ものすごく雄弁だった。この番組を見ていると、これも当たり前ではあるが、バス会社同士に連携がないというか、つながっていないことに、妙に感心してしまう。そうだよなあ、と。東京にいると、何でもかんでもつながりまくりで便利であるのを前提に物事ができていくから、余計に、そういえばそもそもそうだった、と思う。

乗り継ぐバスがない時は、乗り継ぐことができるスポットまで歩くというのもすごい。この番組はとにかく歩く。歩きながら、雨に降られている時など、本当に大変そうだ。ある回などでは、歩くのが嫌いなエビスさんが、トンネルを走りながら、「路線バスを廃線するな〜！」と叫んでいた。歩きたくないから。

高速道路を通るバスに乗ってもいけない。あくまで一般道を通る路線バスに乗るのが、ルールだ。そのせいで、最新作では本州から四国に渡る際に、彼らは、歩く↓路線バス↓歩く↓路線バス↓歩く、というルートでいくつもある島を渡っていくはめになった。この回のゲストの宮地真緒が、この世で最も底が薄いのではないかと私が常々思っているコンバースを履いていて、気が気じゃなかった。誰か彼女にニューバランスを‼と心の底から思った。クッション性ゼロのコンバースじゃ、丸腰で『ハンガー・ゲーム』に参加するようなものだ。私がキャピトルの観覧者なら、ニューバランスの最もクッション性の高いスニーカーを彼女に送ったのに。

女性ゲストの中には、おでかけです、みたいな肩掛けバッグや、近所をお散歩中です、みたいな手提げかばん片手に参加する人がいるのだが、宮地真緒はリュックで参加していて、非常に好感を持った。こういう番組で、ちゃんとリュックを背負う人が好きだ。個人的な統計だと、ゲストがリュックの回は、いい回である確率が高い。いままでの放送を全部見ているわけではないのだけど、いとうまい子がリュックで参加していた回も、すごくいい回だった。まったく興味のなかった人のことを、見終わった頃には大好きになってしまっているのもこの番組の特徴だ。インタビューや密着番組みたいにゲスト自体をフィーチャーするわけでもないのに、その人の旅への取り組み方や姿勢などで、その人自身の性格が不思議なほどよく伝わってくるのだ。だから、今回のゲストあんまりやる気ねえな、という時もわりとすぐわかる。

女性ゲストは「マドンナ」という薄ら寒い名前のくくりで呼ばれている。でも、はじめに「今回のマドンナです」と紹介されることと、たまにナレーションで「マドンナ」と呼ばれること以外は、まったく「マドンナ」感を発揮するシーンがない。番組の存在を知ったばかりの頃は、変だしなくてもいいのに、と思ったものだ。しかし、タガワさんとエビスさんという別々のベクトルに狂気をはらんだ二人の間にいきなり放り込まれ、過酷な旅を続けつつ、二人のやりとりに混ざったり、二人の言い合いを取りなしたりしているゲストの様子を見るにつけ、確かにこれは「マドンナ」かもしれないな、と思うようになった。さすがに「マドンナ」次第で、ゴールできたりできなかったりと結果まで変わったりはしないが、それでも「マドンナ」の存在が意外と大きいことが、番組を何度も見ているうちにわかるようになった。ちゃんと目的地に到着したい、と思っている「マドンナ」の回は、タガワさんもうれしいのか、生き生きしている（エビスさんは別に変わらない）。むしろこの番組にしか、「マドンナ」は存在しないのかもしれない。

また、すべてがバスのスケジュールに合わせて動く番組なので、時間配分がほかの旅番組とは一線を画している。いろんな観光地を通るのだが、土地土地の名産や観光スポットなどはほとんど取り上げられない。バスの待ち時間が優に一、二時間を超える際などに、バスの発車時刻に間に合う範囲の観光をすることもあるのだが、バスに乗り遅れると命とりになるため、近くにある滝とか、謎の民芸館など、普通だとあまり脚光を浴びなさそうな場所が映る。ごはんを食べる際に、タガワさんと女性ゲストが少しは旅行番組らしく土地のものを食べようとする中で、エビスさんがオムライスやトンカツなどを頼みつづけ、偏食を曲げないことも気が抜けていていい。バスの発車時刻までに時間がなくお店を選ぶことができない時も多い。普段だったら絶対入らないようなお店にどんどん入ることになるのだが、どんな時も何を出されても、タガワさんは、おいしい、と言うところが素敵だ。無理している感じでもなく。

　好きなところはたくさんあるのだが、最後にもう一つあげるならば、感動がない、ところだ。これだけ過酷な旅番組であるのにもかかわらず、ゴールしようが失敗しようが、最終的にどっちでもいいや感があるのである。あんなに苦労してゴールしても、よし、帰ろうと、さくっと終わるところもいい。変なテロップも出ないし、感動させたり、意図的にいい話にしたりする編集もない。面白さで場面場面を切り取ろうとする感じもない。だからはじめから最後まで、本当に気楽に、楽しく、幸せな気持ちで見ることができる。不定期放映なので次いつやるのかわからないけど、いつも本当に楽しみ。

（二〇一四年五月）

求む、岩館真理子のワンピース

普通のワンピースが欲しいのだが、ない。

普通のワンピースというのは、岩館真理子のマンガに出てくる登場人物たちが着ているようなワンピースのことである。難しいデザインではなく、ただただシンプルで、切り替えもほとんどなくストンとしており、丈は膝ぐらいか膝よりも長い。

岩館真理子のマンガは、女の人たちの服装が本当に素敵で、小さな頃から憧れてきた。特に、彼女たちがさらっと着こなす大人っぽいワンピース姿にうっとりした。

『五番街を歩こう』の文沙子（ふさこ）が着ている小花柄のノースリーブワンピース。やわらかい色合い（トーンの色で判断）。都が着ている、ひだのところに花のモチーフが抜かれた白いラインが太く入った膝丈のワンピース。色は黒、紺、それとも赤のぱっきりした色合い（トーンの色で判断）。『白いサテンのリボン』で、美しくて残酷な少女たちが次々に身につけるワンピース。外国の制服みたいな、開衿前ボタンのストライプのワンピース。後ろで結ぶリボン。

『雲の名前』は特に夏が強調された話であるため、ザ・ワンピースマンガである。主人公の似季がワンピース姿で、長い長い階段を上っていく姿は忘れられない。黒いミニドレスにダイヤモチーフの膝上ワンピース、中でも、スカートが広がったデザインのチェックのワンピースが好きだ。

大人になったら、あんな風に、毎日違うワンピースを着たいと思っていた。マンガの中の女の人たちみたいに、やわらかいロングヘアーをして（直毛だから無理だった）。

買い物に関しては、子どもの頃の憧れを、大人の私が一つ一つ叶えていっているようなものなので、ここ何年かは、毎年一枚はワンピースを買うようにしている。あの日の憧れ、私、諦めない。


夏物が並び出す頃になると、私は血眼でワンピースを検索しはじめる。ブランドがたくさん入っているネットショップなどありがたい限りである。ただ、毎回悲しいことに、「岩館真理子ワンピース」がほとんどないのだ。どのワンピースも何かしらデザインが施されていたり、今どき過ぎたり、こんな柄と色、あの女の人たちは着ないよ！と思うような感じだったりと、どこか余計なところがある。

素材も、最近ではレーヨンとかキュプラとかテンセルとか、複雑なことになってきていて、イメージと違う。マンガの中のワンピースは、洗濯機でがんがん洗えて、青空の下でぱんっと干せそうな感じなのに。もしくは、クリーニング店に出すしかない高級素材。私はクリーニング店にまめまめしく通ったり、一枚一枚洗い方に気をつけたりということができない性格なので、実用的な意味でも、綿は素晴らしい素材であると思う。あと肌も弱いから天然素材のほうが安心だ。

ネットショップを見ていると、目の前に現れるワンピースはそれこそ何千もあるのに、欲しいワンピースが全然ないのだ。まだ古着屋のほうが、それらしいワンピースが見つかる。でも頻繁に古着屋巡りをする暇もない（経験上、古着の神は頻繁に古着屋を巡る者に降臨するものだと思っている）。もう仕立ててもらうしかないのだろうか。

とは言いつつも、今年は五月の段階でもうワンピースを三着も買ってしまった。Steven Alanの黒いノースリーブワンピースと、Bshopで買った黒い麻のワンピースと、ドレステリアの青いシャツワンピース。去年ミュベールで買ったレモン柄の紺ワンピースは着る機会が一回しかなかったので、今年も着るのを楽しみにしている。しかし、まだ岩館真理子ワンピースに出会えていない。どこへ行けば出会えるのだろう。

あと、岩館真理子のマンガで異常に好きになったものにセーラーカラーがある。登場人物たちがセーラーカラーのブラウスやワンピースを着ているのを見ては、かわいさに打ち震えたものである。『各駅停車』『君と僕の街で』等、谷川史子のマンガの登場人物たちもセーラーカラーの服を着ることで私の中では名高い。

大人になった今でも大人げなく好きなので、セーラーカラーのものを見ると反射的に買ってしまう。A.P.C.でセーラーカラーのピーコートが出た年など、小躍りして買った。T.

yamai parisでセーラーカラーのボーダーワンピースが出た時も、即決で買った。セーラーカラーがついているデザインのモヘアのマフラーをネットで見つけた時も、迷うことなく購入ボタンを押した。それを巻けばどんな服もセーラーカラーに早変わりする優れものだ。気持ちが収まらなかったので、二色買った。そういえば、今年はセーラーカラーのアイテムにもまだ出会えていない。

岩館真理子ワンピースとセーラーカラー、これからも全力で追い求めていきたい。

（二〇一四年六月）

コスメの刹那

以前「ウォータープルーフ嘘ばっかり！」という短い作品を書いた時に、マスカラを交換するタイミングがわからない問題について書いた。マスカラのボトルは中身が見えないから、いつが終わりなのか、よくわからなかったのだ。ずっと疑問だったので、これを書いた時、私は本当に答えを知りたかった。ボトルを割って一度中が見たいとさえ思っていた。

先週、その答えが急にわかった。

締め切りが迫ると、私は猛烈に部屋の掃除をしたくなるのだが、何度も急激な片付けたい病に襲われると、片付けるところが徐々になくなってくる。それで、ここ何年かほったらかしにしていた化粧品コーナーに目が向いたのだ。ぐちゃぐちゃの化粧品コーナーは、グロスや口紅が十本以上ごろごろしており、チークやアイシャドウもあんまり使わないのにいくつもある。フェイスパウダーなど、どう考えても一つで良さそうなものでさえ、なぜか三つもあった。

私は肌が弱い。なので一般的な化粧品はあまり使うことができず、基本は敏感肌用のブランドを使っている（特に基礎化粧品は）。でも口紅やチークぐらいなら多少の冒険をしても問題がないので、そこだけADDICTIONやTHREEなど、好きなブランドのアイテムを使って楽しんでいる。特にADDICTIONは、コスメの命名がいつも面白いのでファンである（例：沼っぽい色のネイルポリッシュが「ネッシー」、銀河っぽい色味のグロスが「トワイライトゾーン」。アイライナーも焦げ茶色が「ラビットホール」、赤色が「アリス」）。名前が付いていないコスメなど、退屈で買う気にならない。MACも季節ごとのテーマがいろいろ面白いので、好きなテーマの時はテンション高めにあれこれ買ってしまう。

三年ぐらい前に、化粧品マニアの女性たちが綴っているコスメブログの面白さに開眼し、毎日読み耽っていた時期があったことも、我が家の化粧品コーナーのカオス化に拍車をかけた。彼女たちが様々な表現を駆使して絶賛するアイテムを、自分も使ってみたくなり、いくつか同じものを買ってしまったのだ。

（コスメブログというジャンルは茨の道だ。彼女たちは、シーズンごとに追いかけているブランドの新商品をチェックしては購入しているのだが、ブランドがどんどん新しいアイテムを発売していくのでお金がかかる。そのペースが速いので、新しいアイテムを使ってみての感想や、使い方の提案などをブログに書き込むにも追いつかない。お給料も限られている。そのせいか、急に力つきたようにブログを更新しなくなったり、ある日突然消去してしまったりする人が跡を絶たず、このジャンルの過酷さを物語る）

で、少しは整理をしようと思い、ここに来てはじめて、化粧品の消費期限をネットで検索してみたのだ。

そこには、恐ろしい真実が書かれていた。なんと、マスカラの消費期限は、二ヶ月から三ヶ月だったのだ。目の粘膜に触れるので雑菌が繁殖してしまうらしい。いくつかニュースサイトを見た結果、ほかのアイテムはサイトによって書かれている消費期限がまちまちだったのだが、マスカラだけは同じことが書いてあった。三ヶ月で交換するのが望ましいと。いつが終わりかわからない、とかいう問題じゃなかったのだ。使う期間の問題だった。マスカラは、使い切っている場合じゃなかったのだ。

以前も書いたかと思うが、私は使い切ることが大好きで、使い切った瞬間の気持ち良さのために、いろんな物を使っているような人間だ。それに使い切ることは、エコ的な視点からも良いことのはず。そう思っていたのに、化粧品にはそれが当てはまらないのだ。使い切る、なんて悠長なことを言っていたら、化粧品は雑菌の温床になってしまう。

例えば、アイシャドウなども目の付近で使うものなので、三ヶ月で交換したほうが良いと書いてあるサイトもあった。アイシャドウなんて、なかなかなくならないアイテムの筆頭なのに。三ヶ月なんて、下手すると五回使えるかさえ自信がない（あんまり外に出ないし、いくつも持っているからそればかり使うわけにもいかない）。ファンデーションやコンシーラー、グロスなんかも一年で交換が吉。長いものでも、口紅やチークの二年というのがマックスだ。下手すると、今持っている化粧品を全部捨てないといけないかもしれない。怯えた後に、私は気づいた。そもそも、いつから使っているか覚えていないことに。

皆、化粧品をいつから使っているかちゃんと覚えているだろうか。覚えていない人のほうが多いんじゃないだろうか。気がつけば、あんまり使わないまま、あっという間に二年経過しているパターンも多いんじゃないか。私は記憶力を総動員させて、持っている化粧品をいつ買ったか思い出そうとした。

MAC のシリーズものは、一番簡単だった。いつ発売されたのか季節がはっきりしているし、その度話題になっているので、ブログ等に情報が残りやすい。例えば、MAC 史上最高だったのではないかと思っているディズニー悪役コレクションは二〇一〇年の秋に発売、つまりは悲しいことにすでに二年以上経過。白雪姫の鏡の女王のグロスもマレフィセントのチークもアウト。しくしく。ワンダーウーマンのコレクションも二〇一一年の春だからアウト。二〇一二年夏に発売された、大好きなマリンコレクション「Hey, Sailor!」と、同年秋のマリリン・モンローのコレクションは、なんとかギリギリオッケーラインか。

化粧品の年齢を一つ一つ突き止めながら心の底から思ったのだが、一年なんて早すぎるよ！　まだぜんぜん使い切れてないし、大事に少しずつ使おうと思っていたのに。ほかのブランドのものも、発売と同時に買ったものやシーズン限定のアイテムなどはなんとか時期を割り出せたのだが、常にあるアイテムなどはどうしても思い出せないものがあった。化粧品とはまったく関係ない、その頃の思い出まで頭の中を探って割り出そうとしたが、無理だった。

サーチに継ぐサーチの結果、持っているグロスがすべて一年越えで全滅。アイシャドウも涙を飲んで六つ捨てた。そして、去年買ったとはっきりわかっているアイテムを除くと、ほかのものはすべて消費期限ギリギリの瀬戸際にあることがわかった。長めに考えても、今年の年末には捨てなくてはならないだろう。しんみり。さすがに悲しいから、悪役シリーズなどパッケージが可愛いものは使わずとも残しておこうとは思うが。化粧品というジャンルがいかに刹那的であるか、今更ながら痛感した。そしてその刹那に並走し続けるコスメブログの皆さんの根性にも頭を垂れる思いだ。あの人たち、すごいよ。

年末までに私の可哀想な化粧品たちをどれだけ消費することができるだろうか。化粧品を使うためだけに毎日外で原稿を書こうかと、真剣に考えている。そして本気で思うのだが、化粧品は容量を半分ぐらいにして発売して欲しい。使い切るのがインポッシブルすぎてやるせないから。

（二〇一四年七月）

「写真はイメージです」の不思議

森永製菓のチョコレート「ダース」に期間限定でミント味が出ているのを、この前スーパーで偶然見つけた。チョコミントがとにかく大好きなので、私は迷うことなく、一つかごに放り込んだ。

その後、スーパーから帰って仕事をしながら、何度か蓋を横に開いてチョコレートをつまんでいるうちに、なんだか違和感を覚えた。サブリミナル的な何かが目の端をちらつくのである。

なんだろうと、仕事の手を止めてパッケージをちゃんと見てみると、すぐに理由がわかった。パッケージの蓋を開くと、「いいこと、12コ」というメッセージが現れるのだ。ダースのチョコレート十二粒を、十二の「いいこと」になぞらえているらしい。もったいぶった場所に書かれているわりにたいしたことを言っていないので、わざわざ秘密のメッセージみたいにしなければいいのにと思いながらなんとなくパッケージを見ているうちに、すっかりおなじみとなった、あのフレーズが添えられていることに気がついた。みんな大好き、「写真はイメージです」だ。

最近の商品には、なんでもかんでもこのフレーズが添えてある。先日打ち合わせで行ったカフェなんて、メニューのすべての写真の下に、「写真はイメージです」と書いてあった。極端に言うと、オムライスを注文してカレーが出てきてもおかしくないということだ。だって「写真はイメージ」なんだから。

そのお店のメニューで特に不可解だったのは、お酒の種類が書かれているページに酒瓶のイラストが描かれていて、その下にも「写真はイメージです」と書かれていたことだ。それでは「絵はイメージです」だ。

そう、私は声を大にして言いたいのだが、たいがいの場合、お店や企業は「写真はイメージです」の使い方を間違えている。これだけ流通している言葉なのだから、もうこっちの言いたいことはわかるだろ？という彼らの甘えと鈍感さが、間違った用法の「写真はイメージです」を街にはびこらせる結果を生んでいると言えよう。

正しい用法は、例えば、ネットのニュースで、最近の小学校における義務教育の方針について取り上げるとする。その際に、記事を読んだ人にイメージが湧きやすいように、授業中の教室の写真をページに添える。これは「写真はイメージです」の使い方として間違っていない。そのような写真がなくてもイメージはそもそも頭の中に湧くが、この場合の「写真はイメージです」はそんなに気にならない。確かにイメージであるからだ。

商品のイメージ的な役割を果たしている場合も、まあわかる。カフェオレのパッケージに、フランスのおしゃれなカフェでバリスタが豆から淹れました、みたいなイラストが添えられている時、果汁ジュースや果汁グミにみずみずしい果物の絵が描かれている時、などだ。

　しかし、特定の商品の写真やメニューに載っている料理の写真に添えてある「写真はイメージです」はおかしい。それはイメージではないからだ。商品の仕様に変更があったり、レストランで材料を切らして違う材料で代用したりといった際にクレームがあった場合の言い訳として機能させたいのはわかる。だが、その前に自分たちでもおかしいと思わないのだろうか。社を挙げて新商品を大々的に売り出そうとしているはしから、「やっぱ、嘘で～す」と言っているようなものだと思うのだが。

　そこへいくと、前述のダースのミント味は、新しかった。ご存知の通り、ダースのチョコレートの形は、何の変哲もない台形だ。パッケージには、商品そのまんまのチョコレートが一粒描かれている。絵でなく写真かもしれない。それぐらい実物と同じなのだ。しかも実物大であるかもしれないぐらいそっくりだ。そのチョコレートの下に、「写真はイメージです」と添えてあるのだ。イメージじゃないだろ、そのものだろ、と全身全霊でつっこみたくなった。チョコレートのすぐ横にミントの葉が添えられている部分を指しての「写真はイメージです」だろうか。それとも、パッケージにデザインされている、いろんな大きさの水玉模様に対しての「写真はイメージです」かしら？　それを見て、ダースの蓋を開けたら、いろんなかたちの水玉模様が中からシャボン玉のように飛び出てくる、と思うような人は滅多にいないはずだ。そりゃ出てきたら、素敵だろうけど。消費者もそこまで無茶は言わないだろう。

疲れていたということもあるのだが、実物そっくりのダースチョコレートの下に「写真はイメージです」が添えてある様子の、そこはかとなく底から立ち上ってくるようなシュールさが妙に心にヒットしてしまい、これはいい、これはいいわ、としばらく唸ってしまった。

あまりに気に入ったので、チョコレートがなくなった後も、箱だけ残しているぐらいだ。たまに見たくなるので、机の上に置いてある。今のところ、まったく飽きず、ツボ押しなどと並んで、仕事中の癒しのアイテムとなっている。

（二〇一四年七月）

だって彼女は思春期だから

この前スーパーで、制服を着た、中学生らしき女の子を見た。彼女からは異様なオーラが醸し出されていた。発酵したような、ふつふつとした何かだ。その大きな原因は、眼鏡をかけ、肩ぐらいまでの髪の毛を二つにくくった彼女の頭頂部が、無数の黒ピンでぎっしりと覆われていたことだ。軽く三十本は超えているはずだ。普通に考えたら、こんなにたくさんピンを留める必要はない。でも、レジ袋に買ったものを詰め込んでいる深刻な表情の彼女を見ていると、直感的に私の頭に答えが浮かんだ。ああ、アホ毛が耐えられなかったんだな、と。

朝、鏡の前で身支度を整えていた彼女は、自分の頭の上にぴんぴんと突き出すアホ毛を発見する。突如として気になったアホ毛が嫌で嫌で、仕方ない。こんな見苦しいものが自分の体についているなんて耐えられない。彼女は、なんとかアホ毛を押さえようとして、ピンを一本頭に留める。しかし、今度は違うアホ毛が気になり、またピンを一本頭に突き刺す。そうするとまた別のアホ毛が……、というバッドスパイラルにはまり込んだに違いない。そして頭中をピンで覆い尽くしてアホ毛を殲滅。満足して登校。あいつ、ピンつけ過ぎだろ。学校で皆にそう思われようとも、そして仲の良い友人に指摘されようとも、そんな言葉は一切耳に入らない。それよりもアホ毛のほうがよっぽど大問題なのだ。どうしてアホ毛なんてこの世界にあるんだろう。アホ毛なんて死ねばいいのに。私は私のアホ毛を絶対に許さない。彼女の心の声が聞こえてくるようだった。

普通に考えれば、アホ毛なんてほかの皆にもあるし、気にする必要などないことがすぐにわかる。ぎっしり頭ピン姿のほうが異様であることも。だけど、そうはいかないのだ。なぜなら、彼女は今、思春期だから。

思春期が発動している子を見ると、思わず感激してしまう。あの内に籠った謎のパワー、本人は至極真面目だけれどまわりから見るととにかく奇妙な言動。客観的に見る、なんてことは、思春期の子たちの思考にはあり得ない。例えば、ニキビが頬にできたら、とにかく治るまでニキビに触らないのが肝心だ。だけど、思春期の子に待つなんてできるわけがない。自分の顔にニキビがある。それだけが気になって気になって気になったあげく、最終的には、自らの手でニキビを潰すに至る。そしてニキビ跡が残る。思春期のイニシエーションである。

先日もファミレスで思春期まっただ中だろう女の子を目撃した。両親と妹と来店した猫背の彼女は、レスポートサックのショルダーバッグを斜め掛けにしていたのだが、席についてからもバッグを下ろそうとしなかった。料理が運ばれてくるまでも、食事の最中もずっと、肩にバッグを掛けたままだ。しかもそのバッグは中身がぱんぱんに詰まっていて、かなり重そう。一体、何が入っているのだろう。今の彼女にとって大切な物であることは確かだ。それとも、バッグを下ろす手間がどうこうということなんだろうか。どうしてそこまでしてバッグを下ろしたくないのか、理由を聞いても、珍妙な答えというか、屁理屈が返ってきそうだ。両親もバッグを下ろせと彼女に注意しない。思春期の娘を持つ親としての正しい対応だ。そのまま彼女は、一度もバッグを肩から下ろすことなく、ハンバーグを食べ終え、帰って行った。猫背で。レスポの中身を見せて欲しかったな。

思春期というのは、基本、ずっとは続かない。だからこそ、その期間に彼らから生み出される暗いパワーは貴重だ。本人たちは体と心がうまい具合に機能しないとか、悩みが多いとか、どうでもいいことが気になって仕方ないとか、いろいろ大変かもしれないが、端（はた）から見ていて、あんなに意味不明で、面白い時期があるだろうか。私の思春期もとにかく悲惨だった記憶があるが、それでも、今思い返すと、愛おしくてたまらない。

私が大好きな思春期パワーの持ち主は、メアリー・キャサリン・ギャラガーだ。アメリカのSNL（サタデー・ナイト・ライブ）というお笑い番組で生まれたキャラクターなのだけど、ヘアバンドに眼鏡という地味な見た目の彼女は破壊的な思春期パワーの持ち主で、本当に面白い。

タレントショー、スペリング大会、はじめてのバイト。メアリーは様々な場所で思春期パワーを爆発させ、まわりの大人や同級生を困惑させながら輝く。思春期の子たちのコントロールできないパワーを描いた名作コメディだと思う。疲れた時に彼女の姿をYouTubeで見ると元気が出てくる。メアリー・キャサリン・ギャラガーはとにかく大人気で、彼女が主人公の映画、『スーパースター 爆笑スター誕生計画』までつくられたくらいだ。大人も皆、思春期を通過しているから、その頃の不器用さ駄目さ可笑しさを思い出して、笑ってしまうのだろう。彼女のコスプレはハロウィンでも人気のようだ。

ＳＮＬではほかにも、いかにも思春期まっさかりの女の子二人が、これまた思春期の兄をフィーチャーした番組をつくる「My brother knows everything」というスキットがあって、すごく面白かった。兄の不在時に兄の部屋で勝手に番組をつくる彼女たちは終始ににやにやしていて、動きも表情も変で、素晴らしく奇妙だ。兄の部屋に飾ってあるポスターＢＥＳＴ５とか、ゲーム中の兄の前で変な顔をして見せた時の反応とか、番組の内容もかわいい。エマ・ストーンとナシーム・ペドラッドが女の子の役をやってるんだけど、二人とも思春期のことほんと良くわかってんな、と感動した。

だいたい大人になったら、ほとんど毎日理性的にならないといけないんだから、子どもの頃にわけのわからない時期があるというのは、大切なことだと思う。それに大人になってしまったら、アホ毛を気にしたくても、そこまでもう気にならない。頭中へアピンなんてアイデア、思いつきたくても思いつけないのだ。だからこそ、思春期は貴重だ。

なので、全国の皆さんには、思春期発動中の子どもたちに普通の注意、説教などをするのではなく、彼らが思う存分エネルギーを発散できるよう、見守ってあげて頂きたいと思う次第です。

（二〇一四年八月）

映画館で見たかった

翻訳と小説の締め切りが重なって半年ぐらいほとんど外に出られず、部屋が魔窟と化していたのだが、ようやく一段落がついた。とにかく残念だったのが、楽しみにしていた映画をほとんど映画館で見ることができなかったことだ。すべてがいつの間にか上映終了していた（ウェス・アンダーソン監督の『グランド・ブダペスト・ホテル』は、見に行けなかったら体調に影響する、ひいては仕事に影響すると思い、見に行ったが）。家でＤＶＤを見るにも、なかなかまとまった時間が取れず、ずっと欲求不満だった。というわけで、仕事が落ち着いた今しかないと、週末にＤＶＤ大会を一人開催した。

まず一本目は『なんちゃって家族』。魔窟時代、仕事の途中で気分転換したくなった時に、YouTubeでＳＮＬのスキットをいろいろ見ているうちに、大ファンになってしまったジェイソン・サダイキス主演のコメディ映画だ。ジェイソンは、普通に見える時はちゃんと普通なのに、アホな時はどうかと思うほどアホそうに見えるところが素敵なのだ。一時期好きすぎてどうしようかと思い、パートナーのオリヴィア・ワイルドがインタビューで言っていた、ジェイソンはエアマックスオタクで、部屋の壁にずらっとエアマックスが並んでいるという情報を思い出して気持ちを落ち着けるようにしていたのだが、気を抜くとすぐ好きがぶり返す。ジェニファー・アニストンとエマ・ロバーツとキャスリン・ハーンも大好きなので堪能した。

二本目、『マジック・マイク』。夕ごはんを用意してから再生ボタンを押し、おかずを一口食べた瞬間、画面の中でチャニング・テイタムのおしりが丸出しになったので、思わず「わーお」と口に出して言ってしまった。そこが一番心に残った。あと、新人が女の人たちの前でおしりを出したりしているのを見て、マコノヒーが「いいね、お前いいね」という眼差しで見つめていたところと。恐ろしい眼差しだった。

三本目、ベン・スティラーの『LIFE!／ライフ』。ベン・スティラーが公園で子どもにスケボーの技を見せるシーンが非常に面白く、そこだけ三回見た。素晴らしい映画だった。地味な主人公が勤務しているネガの保管室から、グリーンランド、アイスランドと世界を広げていく、飛躍の美しさに感動した。今もこの映画のサントラを聴きながら、書いている。

四本目、『キル・ユア・ダーリン』。これは劇場公開されず、ＤＶＤスルーになった作品。ハリー・ポッターことダニエル・ラドクリフが出ているのにＤＶＤスルー。デイン・デハーンが出ているのにＤＶＤスルー。このデイン・デハーンはやばかった。私が見たかったデハーンはこれである。セーラーカラーのカットソーやツィードのコートなど、着せられている服装も本当にかわいい。しかもサドルシューズ。まるで鳩山郁子のマンガに出てくる美少年が、ページの中から飛び出してきたようです。このデハーンに「全部きみのせいだ」などと言われて肩に頭を乗せられ、思わずキスしてしまったギンズバーグ、うらやましすぎるよ。ウイリアム・バロウズの役のベン・フォスターは、『X-MEN ファイナルディシジョン』で翼が生えていた頃も素敵だったが、バロウズもめちゃくちゃ素敵だった。今後、ビートジェネレーションの人たちの本を読む時は、この映画の人たちを思い浮かべて読むことにする。

五本目、『ザ・イースト』。『アナザープラネット』を見て以来、ブリット・マーリングの関わった映画は全部見ようと決めている。『ザ・イースト』でも主演を務めた彼女は、自分がやりたい役がないからと、自分で脚本を書いて、映画をつくっている人だ。彼女はインタビューで、「映画の脚本を読むと、女性が二人だけのシーンになると、必ず男の話をしている。女性に関するこういうものの見方を増長する手助けをするほどには、自分の仕事を好きじゃない」というようなことを言っていて、とても格好いいのだ。毎回固定観念をひっくり返すような作品をつくっていて、今回もまさにそうだった。大ファン。

DVD大会第二回も、また部屋が魔窟になる前に開催したい。

（二〇一四年九月）

日常の横顔

三ツ矢サイダーのロング缶が百十円で売られている自動販売機が家の近くにあり、よく買いに行く。増税で近所の自販機はすべて軒並み値上がりしたのに、ありがたい自販機である。

先日、いつもの通り買いに行ったら、三ツ矢サイダーだけ売り切れていた。「売り切れ」の表示が赤く点灯している。残念と思い、隣にあるウィルキンソンのソーダを買って帰った。

次の日、また買いに行ったら、業者の人が飲み物を足しに来た後らしく、今度は飲み物のいくつかに「準備中」の表示が出ていた。三ツ矢サイダーも「準備中」になっている。補充してからどれくらいの時間で冷えて、準備万端になるかわからないし、そもそもいつ業者の人が来たのかもわからない。

また買えないのか、とがっかりした瞬間、その表示が「発売中」にぱっと切り替わった。おお、ラッキーと三ツ矢サイダーのボタンを押しながら、胸の中が切ない思いでいっぱいになった。私はこういう、何かが切り替わる瞬間に非常に弱いのだ。

以前、朝の三時頃、近所の二十四時間営業のマクドナルドに自転車で向かった。小説の締め切り間際で、ちょっと気分を変えたかったのだ。ところがそのマクドナルドは夜間は二階を閉めてしまい、一階だけの営業になる店だった。一階には窓に向いたカウンター席のようなものしかない。これじゃ二十四時間営業の意味ないだろとがっくりしながら、それでもそのカウンター席に座って仕事をすることにした。

二時間ぐらい経った頃、窓にちらちら映っていた、後ろの商品カウンター内の店員さんたちが何やらごそごそ動き出した。そのまま窓に映っている様を見ていると、どうやら頭上に掲げられている値段表や商品の写真のプレートを交換しているようだ。窓に映るハッシュポテトやソーセージエッグマフィンの写真を見て事態を理解した私は、あっと思い、後ろを振り返った。店員さんたちは、朝マック仕様に店を変更していたのだ。

夜マックから朝マックになる瞬間を目撃した私はうれしくなり、それから朝マックになりきる最後の瞬間まで、店員さんたちの様子をじっと見ていた。朝マックになるには、思ったよりも時間がかかった。十時半になったら、今度は朝マックのプレートを取り外し、昼マックに移行するのだろう。私は立ち上がり、朝マックを注文しに商品カウンターに近づいていった。

道を歩いている時などに、偶然通りかかったお店の電灯が目の前でぱっと消えたりする瞬間も好きだ。さっきまで煌々と光っていた店が一瞬で暗くなる。続けて、裏口から私服に着替えた店員さんたちがわらわらと出てきたりする。マンションや家の電灯が点いたり消えたりする瞬間も、目撃するとすごく良いものを見た気持ちになる。

　こういう瞬間に、どうして私はこんなに胸をつかまれるような気持ちになるのだろう。多分、友人や同僚のいつもとは違う側面を発見して意外に思ったり、前より好きになったりする瞬間に似ているのかもなと思う。でもちょっと違うかも。いつも表向きの顔を保ってお店を回すためにはどうしても横顔を見せないといけない一瞬があって、できるだけ目立たないようにそれは行なわれているんだけど、たまたま目にしてしまった感じだろうか。そして無数の横顔の積み重ねで表向きの顔は保たれているのだということを、あっ、そうだった、と思い出させてくれるから好きなのかもしれない。一瞬我に返る感覚だ。

　今までで一番すごいものを見たと思ったのは、二年前のことだ。その頃、私は永代橋の近くにあるＩＴ会社で翻訳の仕事をしていた。そのあたりには、ＩＴ系の大きなビルがいくつもある。休憩中や仕事が終わった後、時々隅田川沿いに置かれたベンチに座って、点いたり消えたりする無数の窓を眺めた。ビル群は点滅しているみたいに見えた。私の『スタッキング可能』という小説はそこで働いている時に書いたもので、ラストにビルが点滅するシーンを入れた。

　ビル群の中で一際大きくて目立つのは、ＩＢＭのビルだった。一面を等間隔に並んだ小さな窓がぶつぶつのように覆っていて、見ていると気がおかしくなりそうになった。

『スタッキング可能』が文芸誌に掲載されて少しした頃、夜にいつものベンチに座っていると、ＩＢＭのビルの窓がものすごい勢いで点滅をはじめた。右から左に流れるように点滅していったり、順不同にいろんな階で点滅したり。何かの光のアトラクションですと言われてもおかしくないくらい、ビルは点滅を繰り返した。

びっくりしてぽかんと眺めていたら、しばらくして点滅は終わり、ビルはまた通常のビルに戻った。多分、電気系統などのチェックだったのだろう。まだ働いている人の姿もちらほら窓に見える。中にいる人たちは、自分のいる部屋の電気が何度か消えてまた戻るだけだから、たいして何も思わなかったかもしれないが、外から見たら、とんでもなく不思議な光景だった。なんと美しい点検だろう。今の出来事を見ることができて本当に良かったと思い、胸がいっぱいになりながら、電車に乗って、家に帰った。

こういう瞬間に遭遇すると、生きてて良かったと思う。

（二〇一四年九月）

美容院で読むべき本は

先日句会に誘われたので、ほとんどはじめて俳句をつくった。それよりも前となると、中学の時とかに国語の授業でつくったような気がするな、というぐらいのものである。あとは池田澄子の俳句が好きで、彼女の句集だけ読んでいた。でも実際自分がつくるとなると、話は別だ。

さてどうしようと、俳句を先にはじめていた友人に聞いたところ、まずは歳時記を買うと良いと言われた。これまではぼんやりとしかわかっていなかったが、俳句には季語を入れるのが基本ルールであり、その季語が載っているのが歳時記であるらしい。

早速、駅前の大きな本屋に出かけていった。事前にネット書店をチェックして、便利で初心者に最適だと書かれている歳時記にあたりをつけていたのだが、いざ手にとって見ると、装丁に少しも魅力的な部分がなく、なんだかしんみりした気持ちになった。高校生の参考書みたいだ。

嫌だなあと思いながら、書棚に並ぶ歳時記を見ていると、小型で横長の歳時記を見つけた。友人が持っていて、これかわいいよと見せてくれたのと同じサイズだ。その、春夏と秋冬の二巻に分かれた布張りの歳時記（カバーは、春夏はオリーブ色で、秋冬はあずき色）を買うことにした。

それでもう用事は済んだのだが、すぐ横に並んでいた、博友社のテーマ別歳時記シリーズが目に留まった。『海の歳時記』『動物の俳句歳時記』『味覚歳時記』など、テーマごとに分かれたシリーズで、『海の歳時記』を開いてみると、一冊丸々海にちなんだ季語と俳句だけで構成されていて、すごく面白い。海という言葉は一つなのに、それを表現する言葉がこんなにたくさんあって、それを使ってつくった俳句も本一冊にまとめることができるくらいあるのかと感激して、これも買うことにした。ついでに動物バージョンも買った。

その後、なかなか歳時記を読む時間がないまま、句会のための俳句の締め切りが近づいてきた。同時に、髪が伸び放題で大変なことになったので、美容院の予約を取った。はじめて行く店だ。いつも美容院に行く時は本を持っていくのだが、はじめての俳句に焦っていたので、思わず、美容院に歳時記を持っていくことにした。

これが思っていた以上に良かった。内容ももちろんだが、歳時記が美容院という場所にぴったりだったのだ。

まず、普通の小説を美容院に持っていくと、シャンプー台に移動する時や何かしら話しかけられた時にいちいち中断してしまい、結局あんまり読めず、中途半端なことになってしまうことが多い。けれど歳時記だと、季語の短い説明と、その季語を使用した俳句が載っているだけなので、読みやすい。サイズが小さいのも持ちやすくてすごく良い。

これは発見だと私は思った。これからは、美容院に持ってくるのは、歳時記や句集、詩集などにしようと考えているうちに、カラーの待ち時間が終わり、シャンプー台にいざなわれた。

助手の女の子が横になった私の顔に薄い紙をのせ、シャンプーをはじめる。それからすぐに彼女は言った。

「さっき読んでた、変なサイズの本は何ですか?」

「……歳時記です」

と私が答えると、すぐに、

「歳時記って、俳句とかの?」

と不思議そうな声が返ってくる。俳句をつくるのだと答えると、え、なんで俳句をつくるんですか、普通つくらないですよねとシャンプーをしている間中、どうしたら俳句をつくろうと思うメンタルになったのか聞かれ続けるはめになった。友人に誘われたと言うと、その人はなぜ俳句をつくるようになったんですかと、今度は友人がどうして俳句をつくろうと思うメンタルになったのか、答えなくてはいけないはめになった。そんなことは知らん。

シャンプーが終わり、今度は美容師さんにカットしてもらう段だ。この美容師さんは仕事やプライベートをいろいろ質問してくるタイプじゃなく、放っておいてくれるナイスガイだったのだが、たった一度だけ質問をされた。私が再び歳時記を読んでいると、

「それは……何ですか？」

と不思議そうな声で、私の手の中にある横長サイズの本を見ている。

「歳時記です」

と答えると、

「……ふーん」

とだけ返事があった。あとは元の無言に戻り、もくもくと髪を切っている。

なんかよくわからないけど、まあ、いいか、という感じが伝わってきた。カットも上手だし、その美容師さんのことをすごく気に入ったので、それ以来、その美容院に通っている。

美容院に何か本を持って行く時は、歳時記をお薦めしたい。多分、いや絶対、それ何？と聞かれるけど。


（二〇一四年十月）

大人のガチャガチャデビュー（白鳥狂想曲第一章）

はじまりは、マシュー・ボーンの『SWAN LAKE』のチケットが一枚余っているから一緒に見ませんかという、グラフィックデザイナーの芥陽子さんからのメールだった。男の人たちがチャイコフスキーの『白鳥の湖』を踊るやつか、ぐらいの認識はあり、興味は前からあったので、いい機会だと思い、ぜひ見てみたいと返信した。

それから一ヶ月後、芥さんと私は、『SWAN LAKE』が上演されているシアターオーブにいた。このホールはヒカリエの最上階にあるので、夜景が非常にきれいに見える。外を見たりしながら開場まで待っていると、これまでに何十回も『SWAN LAKE』を見ている芥さんが、「（これは）大人のガチャガチャなんだよね」と言った。

聞けば、マシュー・ボーンの『SWAN LAKE』は、王子役と、メインの白鳥であるザ・スワン（ザ・ストレンジャーの二役）の配役が一回ごとに違い、しかも当日の朝にならないとその日の配役が発表されないので、目当てのペアが出演する日を事前に選ぶことができないらしい。配役が発表されてから当日券を取ることもできるが、それではいい席で見ることができない。もちろんファンはこの『SWAN LAKE』という演目自体を愛しているので、厳密に言うとはずれは存在しないのだが、チケットを買っても見たかったペアでない場合もあるので、その意味で、はずれとあたりが存在してしまうわけである。芥さんも映画『リトル・ダンサー』公開後に『SWAN LAKE』が来日した際、『リトル・ダンサー』のラストシーンで成長した主人公として登場するアダム・クーパーの回がどうしても当たらず、涙を飲んだそうだ。

しかも今回は日本公演だけの特別ゲストとして、アメリカン・バレエ・シアターのプリンシパルであるマルセロ・ゴメスがザ・スワンとして出演する。というわけで、ゴメス出演回がもちろん人気であるのだが、これもまたいつゴメスが出演するのか事前にはわからないので、ファンは予想の限りを尽くして、チケットを何日か押さえるしかないらしい。

以上の話を、まだ一度も『SWAN LAKE』を見たことのない私は何の感慨もなく聞いていた。「え、チケット何枚も買うんですか、おかしくないですか」ぐらいのことを言ったような気もする。今日のザ・スワンはゴメスじゃないと言われても、まあ、はじめて見るしいいかぐらいの気持ちだった。ちなみに芥さんは、今回の日本公演がはじまってまだ一週間も経っていないのに、今日の段階でもう鑑賞三回目である。前日にゴメスに当たったそうで、ゴメスの素晴らしさを語ってくれた。

開場になり、客席に誘われると、まさかの前から五列目である。すごいですねと言うと、私もここまで近いのははじめてだと芥さん。それから上演開始まで、芥さんが簡単にストーリーを説明してくれた。

私は完璧に勘違いしていたのだが、マシュー・ボーンの『SWAN LAKE』は、クラシックバレエの『白鳥の湖』をただ単に男女逆転させたものではなく、完全なるオリジナルストーリーだった。そしてこれまた勘違いしていたのだが、男性のダンサーだけでなく、女性のダンサーもたくさん登場する。しかもどの女性も強くて美しいキャラクターばかりだそうだ。そういうの大好きだし、芥さんの話を聞くだに期待が高まってくる。

ストーリーは、ものすごくざっくり言うと、愛に飢えた王子が白鳥に出会い、はじめて愛を知る、というもので、つまりは、異種交流譚だ。王子と白鳥をどちらも男性ダンサーが踊るというところが面白い。「まず王子が孤独を深めて、病んでいて……」などと芥さんから聞いているうちに、『SWAN LAKE』がはじまった。

二時間半後、私は完全に圧倒されていた。『SWAN LAKE』はとんでもなく革新的で、個性的だった。美しく、残酷で、私の理想の悪夢はこれだ！と心が震えた。王子のベッドの下から三羽の白鳥がぬうっと顔を出す、現実に異界が侵入してくる瞬間は、人生で見たどんなものより美しいと思った。そしてそこからはじまる、怒濤のラストシーケンスはただただ圧巻で、マシューの『SWAN LAKE』がいかにとんでもない発明であるか、思い知らされた。マシュー、あなた本当にすごいよ、マシュー。

何より、マイノリティの悲しみを一身に引き受けたかのような病みっぷり王子を、繊細かつ的確に踊り切ったクリストファー・マーニーに夢中になってしまった。王子の人柄は、

『エヴァンゲリオン』のシンジくんのようなキャラを想像してもらうとわかりやすいかと思うが、その千倍愛せる。これまでのバレエ作品の王子といえば、のほほーんとした表情のハンサム白タイツ野郎が多かったが、『SWAN LAKE』の王子は従来の王子とはぜんぜん違う。常に暗い顔をしているのが新鮮だし、衣装もだぼっとしたパジャマや王室の正装など、非常にチャーミングである。ラストシーンもパジャマ姿で終わる。小柄で童顔のクリストファー・マーニーは、外見的にもこの役にぴったりだ。男性ダンサーの、凶暴で美しい白鳥たちの群舞もエピックで素晴らしいいし、女性ダンサーの、メイド姿の群舞や、各国の姫たちの踊りもかっこ良くて最高だった（眼帯の姫とか最高すぎる）。ほとんど二十年前から『SWAN LAKE』は世界に存在していたのに、これまでこの世界を知らずに生きてきたとは、なんたる体たらくだろうと自分にがっかりした。

終演後、すぐ下の階で軽く飲んだり食べたりしながら、『SWAN LAKE』道というか沼を生きること十年以上の芥さんの話（『SWAN LAKE』における演出やキャストの変遷、物語の補足、芥さんの熱い想いなど）に、鑑賞前とは打って変わった真面目なテンションで耳を傾け、次々に質問をしながら、これはやばいと私は確信していた。

茫然自失の心地でふらふらと帰宅して、一番にしたことは、王子役のクリストファー・マーニーのツイッター、インスタグラムなど彼のSNSをすべて把握し、画像を保存しまくることだった。YouTubeでもマーニーが映っているダンスの映像をだいたいすべて洗い出して、ブックマークした。

次の日、朝十時にすっと目が覚めた。この時間にその日のキャストがツイッターやフェイスブックで発表されるのだ。見ると、今日の昼の回のザ・スワンは話題のゴメスだ。しかも王子は昨晩私を虜にしたマーニー。芥さんからも、今日ゴメスだね、とメールが届く。同じバレエを二回も、しかも次の日すぐに見ていいのだろうか、仕事も溜まっているのに、とぐらぐら心が揺れながら、気がついたら、私は渋谷にたどり着き、シアターオーブの当日券売り場に並んでいた。道中や列に並んでいる間、ネットで情報収集したところによると、ゴメスはマーニーとしか練習をしていないようだった。ということは、ゴメスの回はマーニーが出演する可能性が高いということである。そう推理している自分に気づいた時、「大人のガチャガチャ」という意味を身をもって理解できた。もちろん金銭的に余裕のない私は、筋金入りの白鳥ファンの方々のように「大人のガチャガチャ」に参加することはできないけれども（ほとんど全公演押さえる人もいるらしい）、それでもこの作品に取り憑かれてしまう気持ちはよくわかった。

昨日五列目で見たので、今日は遠くから全体を把握しようと思い、三階席のチケットを無事ゲット。二回目の『SWAN LAKE』鑑賞は、昨日はただただ圧倒されていて気づくことができなかった細かい箇所がいろいろわかり、この物語の美しさ、哀しさ、非凡さがますます理解でき、最後はもうだらだらと涙を流しっぱなしだった。王子はこの日も素晴らしかった。まだ馴れていないのか、ゴメスが踊りの最中でつんのめりそうになった瞬間に、ぱっと王子が抱くようにしてサポートした瞬間も見ることができ、ますます王子熱が高まった。

終演後、思い詰めた気持ちで電車に揺られながら、これはますますやばいと私は確信していた。

（二〇一四年十月）

スワンロス続行中（白鳥狂想曲第二章）

マシュー・ボーンの『SWAN LAKE』は、白鳥に取り憑かれた王子の物語なのだが、私は私で『SWAN LAKE』という作品と、王子役のクリストファー・マーニーに、完全に取り憑かれていた。私がはじめて『SWAN LAKE』を見たのは、十六日間あった日本ツアーの一週目の終わり頃だったのだけど、突然白鳥沼に落ちた自分の状況にあわあわしている間に、ツアーは後半に突入してしまった。

まず、私が家で仕事をしている間にも、この同じ東京（しかも電車で10分くらいで行ける渋谷）で『SWAN LAKE』を上演していて、今まさに王子が踊っていると考えただけで動悸がし、気が気じゃない気分にさせられた。ほかの人が王子をやっている回は、今クリスは何をして過ごしているんだろうと想いを馳せた。毎朝発表されるキャストは、クリスの動向を知ることができる大切な情報だったため、普段午前中に起きることなどめったにないのに、この日本ツアーの間は十時ちょうどに起床していた。また、あと一回はクリスの回を見に行こうと思っていたため、予想を的中させせなければならない「大人のガチャガチャ」的側面でも、キャスト情報は貴重だった。

渋谷に行く用事がある際は、もしかしたらどこかでクリスとすれ違うかもしれないと思い、あなたの王子がいかに素晴らしかったかを全力で伝えられるように、頭の中で文章をシミュレーションし、わからない単語を辞書で引いて、そのチャンスに備えた。

それまではヒカリエに入ったことさえなかったのに、渋谷に行くと必ず、意味なくヒカリエをうろうろし、地下鉄の乗り降りも必ずヒカリエを通るようになった。この努力（?）の結果、ほかのダンサーさんとはすれ違ったが、クリスとはすれ違うことができなかった。それでも、その瞬間クリスと同じ街にいることが幸せだった。ツアーが終わってしまってからも、渋谷に行く度、ここはクリスが踊っていた街だと思うと胸がいっぱいになり、もう意味がわからないのだが、クリスのおかげで渋谷が好きになった。人が多いし、あんなに行くのが嫌いだったのに、今では渋谷に行くと幸せな気持ちに包まれる。

最終的に、ありがたいことにラスト三日分の、ザ・スワン（ザ・ストレンジャー）役のキャストだけ事前に発表されたため、マルセロ・ゴメスの回を選べば絶対王子はクリスのはず、という予想が可能になった。長年の白鳥道の成果でゴメス予想をすべて的中させ、週末連続でゴメスの回を押さえていた芥陽子さんがチケットを一枚譲ってくれたので、自自分でチケットを取るよりはるかにいい席で三回目の鑑賞をすることができた。そもそも芥さんが連れてきてくれなければ『SWAN LAKE』とクリスを知らないまま生きていたところであり、いくら感謝してもし足りない。三度目の『SWAN LAKE』も、本当に、本当に素晴らしかった。

その週末、白鳥たちは次の目的地である上海に飛び立っていった。この時点では、やり切った気持ちで私はいっぱいだった。これからずっとマシュー・ボーンの作品とクリスを追っかけていこう、新しく趣味ができてうれしいな、という明るい気持ちでさえあった。

しかし、大変だったのはここからである。あまりにも美しい世界を知ってしまったため、現実がつらくてつらくてしかたないのだ。「スワンロス」という、『SWAN LAKE』ファンの人たちが毎回公演後に襲われる症状があるらしいのだが、私もすっかりその病にかかってしまった。タイミング悪く、掲載誌に嘘みたいな誤植発生、無神経な依頼メールが来る、など仕事関係でテンションが下がる事態が続き、ますます湖に帰りたくなった。『SWAN LAKE』は過去に二度DVD化されているのだが、王子役がクリスでないため、見ると、彼があなただったら、あなただったなら〜と沢田知可子の『会いたい』が脳内に流れ出す始末。

また、いかにクリスの王子が素晴らしいか、再認識することにもなった。もちろんほかの王子も素敵なのだが、クリスは格別なのだ。彼はただ踊っているように見える瞬間が一度もない。振り付けの意図をすべて理解、解釈し、それを的確に体で表現することができるのだ。聡明さと身体能力を兼ね揃えた、恐ろしい子！　それがクリスなのである。『SWAN LAKE』は白鳥と王子のコンビネーションによってまったく違う解釈の物語になるところも奥が深く、何通りも楽しむことができるのだが（何度もリピートして見てしまう理由の一つである）、私にとってはクリス王子が一番しっくりきたということなのだと思う。また、マシューにとってはすべてのペアが正解であるのだと考えると、それもとても面白く感じる。調べたところ、マシュー・ボーンのダンスカンパニー「ニュー・アドベンチャーズ」では、二十代の王子役も育っており、三十代のクリスが今後また王子役をやってくれる保証もなく、もう二度とクリスの王子を見ることができないかもしれないと想像しただけで絶望できる。お願いだから、クリス版のDVDを発売して欲しい。そうじゃないと心が死にそう。

すでに日本ツアーが終わってから一ヶ月が経過したが、スワンロスは現在でも継続中だ。早速手に入れた『SWAN LAKE』のサントラを毎日聴いては、胸焦がす毎日を送っている。チャイコフスキー、ありがとう~!!とさえ思いはじめている。この一ヶ月間の芥さんと私のメールのやりとりを見返すと、白鳥のことばかりで完全に常軌を逸している。

今の楽しみは、クリスがインスタにあげてくれる写真や、ほかのダンサーのインスタにクリスの写真があがることだけだ。クリスが誰かの写真にイイネ!をしているだけで、誰かのツイートをRTしているだけで、彼の今を知ることができ、ホッとする。クリスはSNSにコミットしないタイプであまり更新してくれず、そこも素敵なところなのだが、ファンとしては切ないばかりだ。ネットストーカーの気持ちがはじめてちょっとわかった。

この心の飢えは、マシューとクリスが住んでいるロンドンに移住しないと癒せないのではないかと思っている。私がロンドンに引っ越そうとしても、誰も止めないでください。

（二〇一四年十一月）

フェミ曲ミックス Vol.1

先日、女性編集者さん二人とラース・フォン・トリアーの『ニンフォマニアック』を見に行った。中学生の時、洋画チャンネルでなんとなく『奇跡の海』を見て衝撃を受けて以来、ラースの新作には毎回足を運んでいる。とにかくいろんな人がいろんな酷い目に遭うので、見る前はこれから山に登るのだと覚悟して臨んでおり、今回の山はかなり高かったな（『ダンサー・イン・ザ・ダーク』）、今回は丘ぐらいだったな（『メランコリア』）など、観賞後は登山の思い出として胸に刻まれる。

『ニンフォマニアック』はこれまでを考えると野原だったので、非常に楽しめた。ユマ・サーマンが出てくるくだりなど面白すぎて、めちゃくちゃ笑ってしまい、彼女が去っていった後も、まだ笑いたくて口の中がむずむずした。

上演終了後、近くの飲み屋で、ユマ・サーマンが最高だったなどいろいろ感想を述べたり、関係ない話をしたりしていたら、いつの間にか音楽の話になった。その瞬間、翻訳書などのほか、面白いフェミ本をこの世にどんどん送り出しているMさんが、「私に音楽の話をしないでください」と言った。音楽、特に洋楽はまったく詳しくないそうだ。その時はそのまま次の話題に移っていったのだが、二、三日経った頃、フェミ曲ミックスCDをつくって、Mさんに押し付けたい！という気持ちにはっと襲われた。

フェミ曲というのは、私の定義でいえば、これまでの社会通念、固定観念などを変えていこうという強い意志が見える曲である。例えば、あみんの『待つわ』（私待つわ　いつまでも待つわ　たとえあなたが　ふり向いてくれなくても）、都はるみ『北の宿から』（着てはもらえぬセーターを　寒さこらえて編んでます）などは、非フェミ曲である。これに対し、「待つな！」「編むな！」と歌い上げているのが、フェミ曲である。音楽というのは、日常的に耳に入ってくるものだし、通勤通学中など移動している間も手軽に摂取することのできるものだ。フェミ曲を日常的に聴いているか、それとも非フェミ曲を聴いているかで、その人のメンタルにだいぶ差が出るのではないかと思う。

というわけで、以下は私が考えるフェミ曲ミックスです。（　）内は非常に雑な私の訳アンド解釈です。

1　ビヨンセ『Single Ladies (Put A Ring On It)』
説明不要の、曲もダンスもミュージックビデオもエピックな一曲。独身女性への力強い応援歌。

2　リリー・アレン『Fuck You』
（頭の硬い、差別主義者のあなたは私に近寄ってこないで！）

ポップなかわいらしいメロディーで、「Thank you very much」のかわりに「Fuck you very much」と歌うリリーは最高。

3　リリー・アレン『Hard Out Here』
（私がいるのは台所じゃなくてスタジオ）（私が性生活を赤裸々に語ると、あなたは娼婦だって言うんでしょ？）（壊さなきゃなんないガラスの天井があるし、お金も稼がなきゃなんない）

タイトルは「この世界は生きにくい」という意味。

4　ロビン『Dancing On My Own』
（あなたが新しい彼女といちゃついている間、私は一人きりで一晩中踊る）

レナ・ダナムの『GIRLS／ガールズ』第一シーズン第三話のラスト、ハンナとマーニーが一緒に踊る名シーンで流れている曲。

5　ジョーン・ジェット＆ザ・ブラックハーツ『BAD REPUTATION』
（悪い評判立てられたってどうでもいい。どいつもこいつも好き勝手言うし、いつまで経っても変わらないんだったら、気にして何になる?)

81年に発売。映画『キック・アス』の中で、ヒット・ガールが一人、敵のアジトに乗り込む爽快なシーンでかかる曲。

6 フローレンス・アンド・ザ・マシーン『Shake It Out』
(背中に悪魔を張り付けたまま踊るのは難しい。だから、振り払って、振り払って)(いつだって夜明け前が一番暗い)

7 テイラー・スウィフト『Shake It Off』
(私を嫌いな人は私が何をしたって嫌う　そんな人たちのことを気にしてなんていられない)(私の努力を彼らは知らない)(私は自分のやることをやる　一人で踊る)

フローレンスの『Shake It Out』とこの曲は、最近の二大「解放」ソング。

8 テイラー・スウィフト『WE ARE NEVER EVER GETTING BACK TOGETHER』
(あなたとは、何があっても、絶対よりを戻したりしない!)

ここまでテンション高く、絶対によりを戻さないと歌った曲がかつてあっただろうか。ミュージックビデオも突っ走った感じがよく出ている。

9　シンディ・ローパー『Girls Just Want to Have Fun』
（女の子はただ楽しみたいだけ！）（私は日の当たる場所を歩いていたい）

どこで読んだのかは忘れてしまったが、かつて新曲をリリースした際、記者に「今度の曲は政治的ですね」と言われたシンディが、「『Girls Just Want to Have Fun』だって政治的だ」と答えたという話を聞いてから、この人のクレバーさにはいつも頭が下がる思い。

10　マイリー・サイラス『We Can't Stop』
（ここは私たちの家　ルールを決めるのも私たち）（私たちのパーティーなんだから　好きなことをやって　好き放題言ってやる）

何かと批判を受けることが多い彼女だが、こんだけやっていいんだよ！という彼女のメッセージは、ちゃんと若い女の子に届いているんじゃないかと思う。

11　クリスティーナ・アギレラ『Beautiful』
（誰が何と言ってもあなたは美しい　言葉なんかに傷つかないで）

この世のすべてのマイノリティに捧げるバラード。涙。

12　ヘレン・レディ『I Am Woman』
（私は女　私の叫びを聞くがよい）（ずっと押さえつけられてきた　もう誰にもそんなことさ

せない）（私は強い　私は無敵　私は女）

72年にリリースされたこの曲は、後に女性解放運動のアンセムに。フェミ系の海外の女の子たちのブログやタンブラーに頻繁に現れる「I am woman, hear me roar」のフレーズが印象的だったので、すごく力強い歌なんだろうと聴いてみたら、メロディーはすごく穏やかで肩すかしをくらった。でも当時は、相当衝撃的だったんだろう。

13

レスリー・ゴーア『You Don't Own Me』

（私はあなたのものじゃない　あなたがたくさん持ってるおもちゃの一つじゃない）（私の言動に指図しないで　私もあなたの言動に指図しないでしょ　私のままでいさせて）

63年に発売。日本でも『恋と涙の17才』という、曲のテーマをまったく無視したタイトルで発売された。映画版の『セックス・アンド・ザ・シティ』や『ファースト・ワイフ・クラブ』などで、キャストたちがこの曲を歌い踊っている。また、二〇一二年、女性に投票を呼びかけるキャンペーンで、レナ・ダナム、ミランダ・ジュライなどの女性たちがこの歌を歌い上げる映像が公開された（亡くなる前の、すっかりカッコいいおばちゃんになったレスリー・ゴーアのメッセージも流れて感動的）。

14

メーガン・トレイナー『All About That Bass』

（私はサイズ2じゃないけど、ほかの子たちと同じように踊れる）（雑誌の女の子たちはフォ

トショップで修整済みだってもうみんな知ってる　いいかげん止めなきゃ）（あなたは上から下まで全身どこをとっても完璧）

多分音楽史上はじめて出た、「ぽっちゃりさん」のための曲。でも、どんな体型の人に対しても、自分の体に対してポジティブになろう！というメッセージを届けることができる歌。

15　イングリッド・マイケルソン『Girls Chase Boys』

（失恋しても心臓が止まるわけじゃない。必要以上に複雑にするのはやめましょ）

さっさと前に進もうぜと提唱する、身も蓋もないほどのサバサバソング。

まだまだ思いつくが、原稿用紙十枚を超えてしまったので、ここらでフェミ曲ミックスVol.1は完成ということにしたい。ザ・ゴー！・チームの曲も全部元気が出る。思いつくまま書いているうちに、どうしてこんなに昔からいろんな人たちが同じことを歌っているのに、現実はあんまり変わらないんだろうとちょっと悲しくなってしまった。早くフェミ曲を聴かなければ。

（二〇一四年十一月）

「心のこもった」はたちが悪い

二十二歳の英会話講師の女性が長時間残業でうつ病を発症して自殺したケースが、労災認定されたというニュースを先日ネットで見た。労働基準監督署の職員が、彼女が自宅で作成した教材をいくつか実際に作成し、月八十二時間の残業をしていたことを推計したらしい。彼女は、教材のカードを二三八五枚も手作りしたという。

そのニュースには、実際に彼女が手作りした教材カードの画像が添えられていた。画像を見て私は驚いた。アルファベットや動詞のカードなど基本的なものを含むすべてのカードを、彼女は手作りさせられていたのだ。しかも丁寧に描き、色を塗ったイラストも添えられている。どれだけ大変だっただろう。こんなの異常事態だし、いじめでしかない。

同じ職種を私も昔経験したことがあるのだが、アルファベット等基本のカードは、もう世の中にいくらでも既製のものが販売されている。英会話教室によっては、基本のカードは教室専用のものを業者に発注し、教材として生徒たちに購入してもらったりするところも多い。その場合、教室で講師たちが使うのもそのカードだし、普通ならば、講師たちには教材が一式貸与されているはずだ。私が講師をしていた英会話教室でも既製のカードがもう用意されていた。確かに私もゲーム用のカードや教材などを少しは手作りしたのだが、そしてそれはもちろん今考えるとサービス残業であったし、ほかにも理不尽なことはいろいろあったけど、でもアルファベットのカードを一から全部強制的につくらされたりはしなかった。もしそんなルールがあったら、ふざけんなと思っただろう。だって意味がない。本当にないのだ。

彼女が働いていた英会話スクールのことは詳しく知らないので、実際どうだったのかはわからないが、もしカード類を含む教材はすべて講師が手作りしろという方針だったとしたら、最低最悪だ。カードを発注したり、市販のものを購入したりすると費用がかさむからだろうか？　そうなのかもしれないが、でもカードは生徒たちに購入してもらえば利益を出すことも可能であるし（家でも復習することができるから、実際役に立つ）、市販のカードも別にそこまで高くない。手作りする際の厚紙やペン類も無料ではないし、何より労力がかかる。

それに講師たちがカードを手作りさせられていたとしたら、歴代の講師が作成したカードがストックとして残っている確率も高い。私が働いていた教室でも、過去の講師たちが残していったカードを、ありがたく使い回したりしていた。それだって、正真正銘の手作りである。

しかも今ネットでちょっと調べてみたら、その英会話学校には、スクール専用の教材一式があるじゃないか。スクールバッグまであるじゃないか。じゃあなぜ彼女はカードを手作りさせられていたんだろう。考えられる中で一番嫌な可能性は、教材は手作りのほうが「心がこもっている」とする方針があったんじゃないかということだ。

手作りで本当に「心のこもった」ものもあるけれど、この場合の「心のこもった」は、「心のこもったように見せる」英会話教室の演出でしかない。手作りの教材を使ったら、生徒の英語が上達するというわけでもない。関係ない。大切なのはそこじゃない。

そして実際にその作業をさせられるのは、現場の講師だ。二十二歳の、まだ新任の彼女は、ほかにもいろいろ学ぶことがあっただろうに、よりにもよって、手作りする必然性のないカードを作成しなければならなかった。社会に出て働きはじめたばかりで、馴れないことも多くて疲れていただろうに、家に帰ってまでひたすらカードをつくっていた。その結果生きるのが嫌になってしまった。働いている人は皆何かしら残業をすることも多いと思うが、でもその仕事に必然性があるのとないのとでは大違いだ。彼女が必死で、ぎりぎりの心理状態でつくったカードは、本当に「心のこもった」ものだっただろうか。

「心のこもった」はたちが悪い。最近は減っているのかもしれないが、友人たちの会話を聞いたりネットの書き込みなどを見ていると、小学生の子どもを持つ母親たちが、子どものセカンドバッグやぞうきんを手作りしなければならない学校もまだまだ多いように感じる。「心のこもった」ぞうきんを持たされて、子どもは母の愛を感じるだろうか。子ども側からしても、難易度高くないですか、それ。今だったらぞうきんなんて一〇〇円ショップで買えるし、それで時間が空いた分、一緒に遊んだり、本を読んだりしたほうが楽しいんじゃないのかなあ。かばんだって、かわいくて安いのいっぱいあるし。つくりたい人はつくればいいけど、絶対つくらないといけない、そうじゃないと心がこもっていないなんて、人にプレッシャーかけ過ぎだ。

給料も高くないのに、楽ができるところで社員に楽をさせない企業は、もう本当に考え直して欲しい。現代は、必然性のない「心のこもった」が通用する時代ではない。

（二〇一四年十二月）

続・「写真はイメージです」の不思議

以前も書いたことだが、私は商品の写真やイラストに添えられる「写真はイメージです」という言葉に並々ならぬ興味を抱いて生きている。この言葉が使われ出してから何年も経っているし、もういいかげん馴れたらいいのに、と自分でも思うのだが、商品のパッケージに発見すると、いちいち、おっ、と心が動いてしまうのである。そんなわけで、私の中で「写真はイメージです」という言葉は、いまだに鮮度を保っている。まだまだこれで楽しめる。それに、この「写真はイメージです」が新しいステージに突入していることが判明したのだ。

私はクッキーが好きなのだが、スーパーで手軽に買うことができる中では特に、ミスタ一イトウのバタークッキーとチョコチップクッキーが好きだ。どちらのパッケージも昭和感があって良いし、値段と味のグッドバランスも素晴らしい。クッキーやビスケットを専門にしている会社のブランドというところも好きで、いつか工場見学に行きたいなと思い、たまにサイトを眺めている（三十人以上じゃないと申し込みすることができないので、夢のまた夢だが）。

さて、先週、いつものようにスーパーでミスターイトウのバタークッキーをかごに放り込み、家に帰ってきてお茶を淹れ、さあ仕事を再開するかとバタークッキーを開封しようとした瞬間、私は自分の目を疑った。

「写真は拡大したイメージです」

パッケージの左サイドにある、バタークッキーの写真が何枚か重なってあしらわれているデザインの下に、そう書かれていた。

一瞬で、新しい時代が来たのを感じた。なぜなら、これが良いとされるのであれば、もうこれからどんなバージョンがこの世に現れてもおかしくないからだ。

「写真は縮小したイメージです」

という、逆バージョンももちろんありだし、

「写真は百八十度回転させたイメージです」

もありだ（そうする意味はまったくないが）。

つまり、「写真はイメージです」無法時代の到来である。

「写真は明度を調整したイメージです」
「写真はセピア色をしたイメージです」
「写真はデザイン上ミントの葉を添えてみたイメージです」

ちょっと考えただけでも、とても楽しい感じだ。お店で商品を手に取る度、次はどんな「写真はイメージです」に出会えるだろうとわくわくできそうだ。

それにしても、このバタークッキーのパッケージの文言、これはいつからこうだったのだろうか。以前は、「写真はイメージです」という標準タイプだったような気もするし、そもそもその言葉自体添えられていたのだろうか。私は「写真はイメージです」だけは見逃さないと思っていたのに、いざとなると全然覚えていない。でも、「写真は拡大したイメージです」と書かれていなかったことは確かな気がする。さすがにそれなら異変として気づいたはずだ。

言われてみれば、このパッケージのクッキー写真は、実物のクッキーよりも一回りぐらい大きい。でも別にたいした違いじゃない。これはもしかすると、苦情が入ったのだろうか。パッケージの写真よりも実物が小さいじゃないかと。そして、仕方なく「写真は拡大したイメージです」と添える結果になったのだろうか。

私はその実際いるのかいないのかわからないクレーマーに言ってやりたいのだが、実際よりもサイズが違う云々はもう「写真はイメージです」というフレーズに含まれている。だって、「イメージ」なんだから。「拡大した」は必要ないのである。だから、さっきはうきうきといろんなバージョンが出てくるかも〜などと書いたが、実質的には出てくるはずがない。出てきたらおかしい。「拡大した」「縮小した」「セピア色をした」という説明は、すべて「イメージ」の中に含まれている。それぐらい「イメージ」という言葉は巨大で、だから「写真はイメージです」は恐ろしいのだ。

内情はわからないが、「写真は拡大したイメージです」と律儀にプリントしてしまったバタークッキーのパッケージを、私は前回同様捨てずに保管している（＊その後、別の会社のチョコレートのパッケージに、「写真は味のイメージです」と書かれているものも発見した）。これはちょっとすごいものだ。

（二〇一四年十二月）

隣の席の人

私は映画館で前後左右に座る人運が結構悪いほうなのだが、去年の十二月に奇跡の二日間があったので、ここに記す。

12月10日、渋谷TOHO CINEMASにて『フューリー』。7階スクリーン1のE列8席。15時30分の回。

早めに席につくと、前方の右扉から、灰色の制服姿の女の子が一人で入ってくるのが目に入った。階段を上ったその子が私の隣に座ったので、なんとなく、おお、と思う。肩までのボブに銀縁の眼鏡。背負っていた大きな黒いリュックの外ポケットにはステンレスの水筒。リュックに小さな白いバッジが留めてあったが、何のバッジかは確認できず。

リュックを床に下し、座席に座ってから、女の子は文庫本を取り出して、読みはじめた。何度か横目で確認した結果、ハヤカワ文庫から出ていたハインラインの『宇宙の孤児』であることが判明。普通の本屋さんではもう買えない本なので、図書館のラベルがついている。

予告編がはじまると、女の子は文庫本をリュックに片付け、深々と座席に腰かけて腕組みした。この段階で、彼女のことを心の中で先輩と呼びはじめる。長い予告編の前後にくだらないアニメーション映像が流れると、先輩にこんなもの見せんなよとイラッとし、その横顔を窺った。先輩は顔色一つ変えず、冷静に画面を見つめている。

『フューリー』の本編がスタート。第二次世界大戦末期を舞台にしたこの映画は、「フューリー号」と名付けられた戦車でドイツ軍と戦った男たちの物語である。ほとんど戦闘シーンであり、残酷描写もわりとある。私の左右は、右隣に先輩、左隣にはこれまた一人で来ていた女の人が座っていたのだが、彼女は残酷なシーンになると何度か目を覆っていた。しかし、右隣の先輩は微動だにすることなく、ずっと腕組み。静観という言葉が似合う、クールなお姿だ。映画の中の男たちも格好良いが、先輩も格好良い。

上映終了後、リュックを背負い直した先輩の感想が聞きたくて、どうして私はこの子の知り合いじゃないんだろうという気持ちになる。「先輩、どうでしたか？　あれ、完全にブラピが悪くないですか？」「先輩、『ニンフォマニアック』といい、最近のシャイア・ラブーフは最高ですね！」「先輩、私はローガン・ラーマンが大好きなんです」など、先輩にいろいろ聞いてもらいたくなった。先輩とお茶がしたかった。しかし、映画館慣れした人特有のスムーズすぎる動きで、先輩はあっという間に私の目の前から去っていった。

12月11日、有楽町日劇にて『ビリー・エリオット　ミュージカルライブ／リトル・ダンサー』スクリーン3のN列15席。14時30分の回。

この作品は、映画『リトル・ダンサー』のミュージカル版である。昨年ロンドンからライブ中継された映像を日本でも期間限定公開するということで、思っていたよりも観客が多い。

左隣は女性の二人組で、右隣も一席飛ばして女性の二人組。その空いていた一席にレザージャケットを着た年配の男性が座る。片手に缶ビールを持っているし、内心ちょっと不安になる。なんだかよくわからないまま見に来たけど、作品を気に食わなかったらしい男性が、あからさまにがたがた動いたりする姿をこれまでに何度も見ている。奥さんや彼女に連れられてきたけど、何これ、ねーこれ俺退屈なんだけど、みたいな感じで、真面目に見ている相手の気を引こうとしたり、気に入っていないことを示すために、頭を左右に振ったりするので、そういう奴の近くに座ると気が散る。お前はたった二時間自我を抑えることもできないのかとイライラする。特にバレエやミュージカルでそういう反応を示す人が多い気がするし、今日はものすごく楽しみにしているから、それやられたら嫌だなあと思っていると、上映がはじまった。

とにかく素晴らしい作品だった。『リトル・ダンサー』をベースに、物語、音楽、ダンス、演出などすべてを最高のかたちで盛りに盛ってみましたという感じ。映画版では、バレエダンサーの夢に目覚めた主人公ビリーの情熱と、父と兄たち炭坑労働者の苦悩と葛藤が主軸になっていたが、ミュージカル版では、「古き良き時代」を生きた祖母の人生の悲哀にも光があてられる。この祖母の歌が切なくて、強くて、ものすごく良いんだよ。

しかもただでさえ素晴らしい作品なのに、今年のビリー役のエリオット・ハンナとマイケル役の子が怪物級で、さらに凄いことになっていた。とんでもない子たち見つかっちゃったから、もっと皆に見せた〜いとライブ配信してしまった大人たちの気持ちが手に取るようにわかった。『リトル・ダンサー』のラストで、バレエ学校の人に「踊っているときはどんな気持ちか?」と聞かれた幼い頃のジェイミー・ベル(死ぬほどかわいい)が、「電流が走るみたいな感じ(like electricity)」と答えるシーンをご存知の方も多いと思うが、ミュージカル版ではそこで〝Electricity〟という歌をビリーが歌い踊る。その時、エリオット少年は本当に電流が流れているみたいに踊るんです(泣)。〝Angry Dance〟という、目の前に壁が立ちはだかり、夢の実現が途絶えそうになった時の、怒りと絶望のダンスもキレッキレなんです(泣)。

三時間、笑ったり泣いたり、心を揺さぶられっぱなしだった。右隣のおじさんも、面白いシーンで声を出して笑ったりと、良い反応を見せていて、勝手に誤解してごめんという気持ちになった。

ライブ中継映像のせいか臨場感もものすごくて、本当に目の前で起こっていることのように錯覚し、ついつい拍手をしたくなってしまう。なんとか我慢していたのだが、ラストの盛り上がりの部分でどうしても拍手したい気持ちになっていたら、おじさんが横で小さく拍手していた。うれしくなって、私も小さく拍手した。おじさんのおかげで喜びが二倍になった気がした。
映画の面白さのみならず、隣に座っている人のおかげで、さらに良い思い出になった。
今年も楽しい映画館の思い出が増えるといいなと思う。

（二〇一五年一月）

エクスキューズなしで

これを書いている今日は一月二日である。お休みのはずなのに、世の中的に仕事はじめである一月五日から八日にかけて締め切りが集中しているので、私は少しも休みじゃない。締め切り群の中にエッセイだけじゃなく小説が混ざっており、しかもそれがまだ一枚も書けていないため、メンタルに直行で影響を及ぼしている。腰も痛いの。現実逃避のあまり、思わず賃貸物件ページを熟読してしまう。

皆さんよくご存知だと思うが、ペット可物件はわりと少ない。見た感じかなり古いアパートやマンションでも、というかボロボロでもペット不可であるところが多い。そういう部屋の情報を見ていると、もういいじゃない、ペット可でいいじゃないと心の中で想像上の家主に語りかけるのだが、家主は頑固一徹、いやそうはいかんと腕を組み、頑に首を横に振ってくる。ちょっとあきらめが悪いんじゃないですか。いやいや、ならぬ、ペットはいかん。渋い顔をした家主の顔が目に見えるようだ。最近はきれいにリフォームされた部屋も増え、古い部屋はそうそう簡単に借り手も見つからないだろうし、ここは一つ、不可から可というポジティブ方向に発想の転換をして、新しい扉を開いて欲しいと、見えない家主さんたちには思う次第である。

物件情報の詳細ページにはよく、不動産屋のスタッフが考えたであろう各部屋の「ウリ」が、一言コメントのように添えられている。ペット可物件はもちろん大きな「ウリ」なので、「ペット可です」「大切なペットと一緒に住めます」など、スタッフたちもアピールしてくる。

いろんな物件の情報を次々に見ていると、中にこんなコメントが書かれている部屋があった。

「駅から徒歩四分です。ガスコンロ二口で料理もラクラクです。可愛いワンちゃんやネコちゃんも一緒に住めます」

借り手の犬や猫が可愛いかどうか、どうしてきみにわかるんじゃい。見たことないだろ。仕事が進まず、だいぶやさぐれた気持ちになっていた私は思った。賃貸物件のアピールなのに、それはちょっとおかしな方向に気を遣いすぎだろう。しかもひねくれた人間が読むと、「可愛いワンちゃんやネコちゃん」としか一緒に住めないみたいにも読めるぞ。

ついでと言ってはなんだが、たまに本や映画のレビューで、「万人受けはしないが、ハマる人はハマるはず」というようなコメントを見る。これも、万人受けしないかどうか、どうしてきみにわかるんじゃい。勝手に狭めないで頂きたいものである。そもそも、万人受けするもののほうがこの世には少ないのではないだろうか。万人に愛されているものって、それこそ食事とか睡眠とかのレベルになってくると思うのだが。それでも寝るのが嫌いな人や、ごはんを食べるのが面倒くさい人もどこかにいるだろうから、やっぱ「万人受け」なんてほとんど不可能だ。はじめからそうなのだから、いちいち「万人受けはしないが」とエクスキューズする必要はないのである。

そのついでと言ってはなんだが、一般的に女性向けとされている作品に対して、「男ですが、読んでもいいでしょうか？」と確認（？）したり、逆に男性向けとされているものに対して、「女ですが、楽しめました」などという感想が書かれていたりするのをネットで見かけることがある。そういう時は、そんなエクスキューズは書かなくていいんだ！好きなもの、興味のあるものを心の赴くままに、手当たり次第楽しんでいいんだ！　それでいいのだ！とそのコメントをがばっと抱きしめたくなる。

「万人受けはしないが」「男ですが」「女ですが」という退屈なエクスキューズなしで、我々は読んで、見て、楽しんでいきたいものですな！　どんどん素晴らしい作品に出会っていきたいものですな！

（二〇一五年一月）

「クリソ」の思い出

仕事の前に駅の改札内のスープストックトーキョーで軽く食べようと思い、ボルシチを注文した。レジの店員さんは後ろを振り返って「ボル一つ、お願いします」とオーダーを通した。「ボル」の響きがものすごく気に入ってしまった。気に入ったものの、どうするわけにもいかないので、「ボル」「ボル」「ボル」と頭の中で繰り返しながら、ボルシチを食べた。

その後、その日の仕事である『群像』の創作合評が行なわれる講談社のビルに向かった。最寄り駅は護国寺だ。自分の住んでいる街は土日になると急に人の数が増え、すごく嫌なのだが（スープストックにも行列ができていた）、週末の護国寺は閑散としていて、うれしかった。群れるな、人が多いところにいると死ぬぞと、映画『ハプニング』でシャマランも言っている。

創作合評は前月の文芸誌に発表された小説から二、三作が選ばれ、事前にその対象作品を読んだ三人が話すページなのだが、今回の課題の一つに山下澄人の『鳥の会議』があった。

合評がはじまり、話していて思い出したのだが、この作品の中に、関西の中学生の男の子たちが、喫茶店でクリームソーダを注文する場面がある。店員が「クリソ四つ」と注文を通すのを聞いた一人が、

「クリソやて」

と笑うのだが、私もさっき

「ボルやて」

と誰かと笑い合いたかったなと思った。メニュー名を短縮形にすると、なんでちょっと笑えるのか。特に「クリソ」の場合は、「リ」を抜いた言葉を一瞬で想起してしまうので、中学生男子にしたら、そりゃ「クリソやて」になるだろうし、しかも店員さんたちはもう慣れ切っていて、何の違和感も持たずに真顔で言うから、余計に可笑しい。

学生時代、喫茶店でバイトしていた時、私も様々なメニューを短縮形で呼んできた。

ミルクティー↓ミティ
レモンティー↓レティ
アイスコーヒー↓アイコー
ミートソーススパゲティ↓ミート
カルボナーラ↓カルボ

バタートースト↓バタト
レモンスカッシュ↓レスカ

などなどだ。ミティとレティの注文を通す時は、サンリオのキキとララのような、ファンシーなキャラクターが頭に浮かんだ。ミティちゃんとレティちゃんは双子の姉妹なの。おしゃれが大好き。カルボは、銀幕に輝くハリウッド女優だ。つまり、単純にグレタ・ガルボを思い出す。アイコーは、アイコー！と断崖絶壁で叫ぶおじさんの姿が思い浮かぶ。おじさんは強風にも負けず、叫んでいる。レスカは、レイとアスカがドッキングした最強の名前。

クリームソーダは、私の働いていた喫茶店でもクリソと呼ばれていた。もちろんそれらの言葉は私が発明したわけではなく、その店で伝統的に使われてきており、研修の際に、この注文はこう厨房に通せと先輩に教えてもらうわけだけど、これもよく考えたらちょっとまぬけだ。人から人へと伝えていくべきような事柄だろうか。古い喫茶店でのこの感じはまあもう慣れっこなので、たいして心は動かないが、改札内のスープストックで「ボル」をやられたので、新鮮だったというのもある。

一般的なクリームソーダは緑色のメロンソーダが使用されていると思うが、私の働いていた喫茶店は、ソーダが赤い色をしていた。グレナディンシロップを入れてつくっていたからだ。

「クリソお願いします」と厨房に丸投げしていた頃は気楽なものだったが、長いこと働いているうちに、厨房に入り、中で飲み物やケーキ、パフェなどもつくるようになった。いまではもう信じられないのだが、厨房でキャラメルミルクティーやココア、パフェなどを次から次へとつくりながら、外の給仕もこなすという、きびきびした時期があったのだ、私にも。ただ、恐ろしいもので、何度も調理し、レシピも暗記しているのに、ある時急に悪魔が忍び寄る瞬間がある。

その日はそんなに店は忙しくなかったはずだ。私は一人でお店にいて、女性の二人組が新しく入店したので、彼女たちの席まで注文を取りに行った。その片方がクリームソーダを注文したのだ。はい、と厨房に戻り、グレナディンシロップをグラスに注いだ時に、思わぬミスが起こった。レードルから二杯~三杯が正しい量だったはずなのに、その時なぜか頭が真空状態になった私は、レードル六杯分のシロップをグラスに注いでしまったのだ。間違いに気づくチャンスはあった。後から注ぐソーダがあんまり入らなかったから。でもその違和感もなぜか私の検閲を通過してしまい、私はソーダの上に何事もないかのようにバニラのアイスを乗せ、壮絶に甘いクリームソーダをこの世に誕生させてしまった。

女性二人組のテーブルにクリームソーダともう一人が頼んだ何かを運び、カウンターに戻った後、さっきの違和感が急に気になりはじめた。なんだかおかしい気がすると、彼女たちのテーブルのほうを窺ってみると、クリームソーダの彼女は、思ったとおり、目の前の飲み物に手をつけていなかった。多分一瞬飲んでみて、あまりの甘さに飲み続けることができなかったのだろう。アイスだけ先に食べ尽している。その時点でもうクリームソーダじゃない。

ミスった、絶対ミスったと思いつつも、若かったせいでどう声をかけていいかわからず、しかし申し訳なさで、物陰からずっとテーブルの様子を窺い続けるという事態に陥ってしまった。過去の私よ、さっさとつくり直して持っていけば良かったのに。若いって、かわいそうだね。氷が全部溶け、シロップの甘さがだいぶ中和されたとおぼしき頃、彼女はようやくソーダを飲み干した。

あの時の人、本当にすみません、変なもの飲ませて。多分想像するに、死ぬほど甘かったと思うが、私には、苦い「クリソ」の思い出である。

（二〇一五年二月）

ライアンのタトゥー

中学生の頃、英語の教科書に、シェル・シルヴァスタインの『おおきな木』が載っていた。今でも載っているのかはわからないけれど、文章が簡単だし、短い話だから最後まで収録できるし、教科書向きの話だと思う。授業で何回かにわけて読んだ記憶がある。

買ってもらったのかよく覚えていないのだが、日本語訳のバージョンもなぜか家にあったような気がする。アメリカに住んでいる親戚からのおみやげで、この本の英語版をもらったこともある。これもまた英語がわかりやすいから子どもに良いはずだという選択だったのだろう。裏表紙一面が、つるつるした頭に黒々としたあご髭の作者の写真になっていて、かなりのインパクトがあった、というか、怖かった。あんまり裏を見ないようにしていた。あれはどういうことだったのだろう。

『おおきな木』の話自体に関しては、良いとも悪いともあまり思わなかった気がする。小さい頃の自分は、今よりもだいぶ引っかかりやすかったので、オー・ヘンリーの『最後の一葉』などですぐ感動していたのだが、それでも『おおきな木』はちょっと微妙だった。木は、一人の少年（すくすくと成長して最後老人になる）に自分のすべてを与え続けて、最後に切り株だけになってしまう。木が男に何かを与える度、それでも木は幸せでしたと一文が入るのだけど、でもそれはほんとかな?というような一文も入る。急に問いかけられても、その頃の私にしてみたら、よくわかんないです、という気持ちだった。わかりやすい自己犠牲や愛情の物語のようで、ちょっと違うような感触があり、不穏さも感じ、どう捉えていいのかよくわからなかった。

その話はもうそれで良かったのだが、大学生になったあたりから、『おおきな木』の威力を目の当たりにするようになった。彼氏や好意を持たれている男の子から、『おおきな木』をプレゼントされる女の子がまわりに続出したのである。プレゼントされた女の子から困惑気味にその本を見せられたこともあるし、古本屋で『おおきな木』を見つけて、何気なくページを開いてみたら、「○○ちゃんへ、ずっと一緒にいようね、○○より」とメッセージが書き込まれているのを見たこともある。古本屋にある時点で、その恋がどういう結末を迎えたかは推して知るべしであろう。それにしても、メッセージ付きの本を堂々と売り払うとはたいした強者(つわもの)である。

プレゼントされた本を読んだ女の子たち共通の弁は、これ読んでどうしろっちゅうねん、というものだった。こんな風にぼくにすべてを与えて欲しいということか、それともぼくはきみにすべてをあげるよ、そうこの木のように、ということなのか、どちらにしても嫌だ。何が彼らを意中の人に『おおきな木』を贈りたい気持ちに駆り立てるのか。もしかしたら、この本の村上春樹訳が存在する現在、さらに多くの彼らがこの衝動に突き動かされているのかもしれない。

この、『おおきな木』に妙にうっとりしてしまう男の人現象は、日本特有のものかと思っていたのだが、数年前、ある映画を見た私は度肝を抜かれた。あまりのヒリヒリ具合に日本でも話題になった『ブルーバレンタイン』だが、この主役のライアン・ゴズリングの上腕に、『おおきな木』の挿絵のタトゥーが入っていたのである。うろ覚えだが、木が少年にリンゴをあげているところだったと思う。

『ブルーバレンタイン』はざくっと言うと、あるカップルの恋愛のはじまりから終わりまでを描いた物語だ。男のほうが女よりもロマンティックだという台詞に代表される、とにかく言動がロマンティック男子なライアン対、あんまり恋愛に夢を持っていない、いつも暗い顔のミシェル・ウィリアムズ。出会いの頃はときめきもあって、二人の足並みが揃うのだが、結婚してからは徐々にずれはじめ、最後には修復できなくなる。子どももいるのに定職につかない夢みがちなライアンに、現実的なミシェルはほとほと嫌気がさしてしまう。

正直、私はこの映画は成立しないんじゃないかと思った。なぜならライアンの上腕にはあの『おおきな木』のタトゥーがあるのだ。ミシェルは、それ見た瞬間、ダッシュで逃げろよ。ぎゃーと叫びながら逃げろ。怪物である可能性かなり高いよ。もし『おおきな木』

の物語を知らなかったとしても、ベッドで腕まくらされながら、あなたのそのタトゥーの絵、なんなの?くらいは聞いて欲しい。そしたらライアンがこれはね、こういう話でね、とうっとり話してくれたはずだから、ミシェルも、こいつ、やベーと思う機会があっただろう。二人の恋模様を二時間近く見せられなくても、この恋はやばいと一瞬で悟らせる威力があのタトゥーにはある。というか、あれではホラー映画だ。怪物が目の前に現れたのに、登場人物が逃げないホラー映画なんて成立するか。しない。監督のアイデアか、ライアンのアイデアか知らんが、ちょっとやり過ぎだと思う。あのタトゥーをさらっと流すことなんて、私にはできない。ちなみにライアン・ゴズリング本人は、『おおきな木』の話が大嫌いだそうで、あれはないわとインタビューで言っているのをネットで読んだ(*この後、あのタトゥーはそもそもライアンが実際にしていたものだったという記事を見つけ、驚いた。幼い頃母親が読んでくれた思い出にタトゥーをいれたらしいが、でも話は嫌いというのがすごい)。

あっ、今急にふと思ったのだが、ライアン・ゴズリングって、そういえば、異常にハンサムな中二病、みたいな役ばっかりやっていないか。『きみに読む物語』を筆頭に、『ラースと、その彼女』『ドライヴ』『ラブ・アゲイン』『プレイス・ビヨンド・ザ・パインズ/宿命』『16歳の合衆国』など、それぞれレベルは違うが、どれもそうであるような気がする。中には厄介なキャラもいるが、しかし、ライアンの顔と体をしているせいで、やばい事態に陥ったことに深みにハマるまで相手側も気づかないのかもしれない。

そう考えると、『ブルーバレンタイン』もちょっとは理解できる気がする。きっとミシェルはライアンのタトゥーなんて目に入ってもいなかったんだろう。そう思わないと、説明がつかない。

（二〇一五年二月）

次の移動に備えよ

先日引っ越しをした。普段、本は一冊でも多く欲しい、とにかく本は最高だと思って生きているのだが、引っ越しの時ばかりは、本の量を呪いたくなる。本を段ボールに詰める作業がとにかくつらい。詰めても詰めても、まだ本の山だ。心の赴くままに本を増やした者が落ちる地獄、それが引っ越し作業。しかし荷物のほとんどが本なので、本さえ詰めれば、引っ越し作業はほとんど終わったに等しい。

私自身は自業自得なのだが、引っ越し業者さんにはとんだとばっちりである。段ボールの数を事前に申告する際に、ほとんど中身が本なので重いです、と一応伝えてはおくのだが、当日、引っ越し業者さんたちが段ボールを持ち上げるたびに腹の底から発する「おうぅ」「うわっ」という声を聞くだに、申し訳なくて、いたたまれない気持ちになった。同じ段ボールの数でも、格段に軽い荷物の人もいるだろうに、本当に私の引っ越しにあたる人たちは不運だと思う。

今回は引っ越し先にエレベーターがないため、特に申し訳ない気持ちにかられた。そして、本を減らすことは無理だが、ほかの部分をできるだけ軽量化して生きていきたい、という今後のテーマが生まれた。これからの私は、常に次の引っ越しに備えて生活していくのだ。

まず、家具類はすべて簡単に分解できるものが良い。もしくは、折りたたみできるもの。そう思い、新しいベッドは折りたたみ式を購入した。このベッドをはじめて折りたたむのは、次の引っ越しの時になるだろう。それでは馬鹿みたいだと思われるかもしれないが、その気になったらいつでも折りたたむことができる、という事実から自由の風を感じるので、精神的にも結構良いぞ。これさえあれば、いつでもこの退屈な田舎町から出ていけるんだわ私、と車のキーをにぎりしめる、運転免許を取ったばかりのティーンネイジャーのような気持ちだと言ったら、おわかり頂けるだろうか。

そして、家具の素材についても見直す良いきっかけとなった。私は常に本棚問題を抱えていて、理想の本棚を日々探し求めているのだが、素材はスチール製が一番だと思っている。オーダーなどをすれば、たわまない立派な木の本棚をつくることはできると思うが、そんな財力はなく、インテリアショップを見て回るマメさもないので、できればネットで買ってしまいたい。そうすると、化粧板のカラーボックスが結局手頃であり、それは使いはじめの頃はいいのだが、いつのまにか、たわんでしまう。本棚のたわみを見つけると、すごくがっかりする。本に負けんな！と思う。本棚の隙間という隙間にぎゅうぎゅう本を詰め込む私が悪いのだが。

それに比べて、スチールは常に元気である。さすが鉄。現在私が一番信頼している本棚はＴＯＹＯ（東洋事務器）のクールラックで、これは本当にタフだ。しかも、今回引っ越しして感動したのだが、この商品、分解と組み立てが天才的に楽なのだ。工具もネジも一切いらない。発明ですよ、これは！　まじでクールなやつです。

胸打たれすぎて、引っ越してすぐにもう一つ買ってしまった。ここのメーカーで文庫本用のラックも開発してくれないかと切に願う。本棚問題の中でも、文庫棚問題はかなり切実だ。簡単に手に入る範囲だと、いい文庫本の棚ってほとんどない。文庫本にぴったりな高さと幅で、がんがん収納できる棚が欲しい！（＊このエッセイを書いた後、クールラックは棚板を別売りしていることが判明した。つまり、文庫本用の棚にできるのである。早速やりました。そして棚自体もさらにもう一つ買いました。アイアムハッピー）。

あとはやはり段ボールってすごいよね。必要な時だけ組み立てれば箱になり、必要ない時は、場所を取らない平べったい厚紙に早変わり。フェローズのバンカーズボックスを普段から愛用しているのだが、これはテープも必要なくて、えらい。あと、イケアで昔買った、子どもがおもちゃなどをしまう用の段ボールは、組み立てもめちゃくちゃ簡単だし、素晴らしい。しかも段ボールは積み重ねることもできるし、優秀である。折りたたみ可能とか、積み重ね可能とか、シンプルなようだけど、すごく便利で、ぐっとくる機能だ。大好き。

とはいえ、いつか木製の最強本棚をオーダーしたいという夢もある。友人のＳ夫妻のお宅は、家中の壁が作り付けの本棚になっていて、ガレージも書庫に改造してあり、長年の憧れだ。Ｓ夫妻はお二人とも本の虫で、かつて結婚する際に、「これできみの本がぼくの本になるね」と夫がすごく嬉しそうな顔で妻に言ったそうだ。ザ・名言。

（二〇一五年三月）

セレーナに薔薇を

ネットでハリウッドのセレブゴシップを読んでいると、あっという間に時間が経ってしまう。しかも、締め切りで追いつめられている時ほど、この罠に落ちてしまう（あと落ちやすいのは、ＳＮＬのスキットをYouTubeでひたすら見てしまう罠）。しかし、そうしていると、だんだん興味のある記事が少なくなってくる。でもでも、まだ仕事に戻りたくないの。というわけで、この二日の間に、私はまったく今まで興味のなかったアリアナ・グランデとセレーナ・ゴメスの恋愛模様に非常に詳しくなりました。

マイリー・サイラスやテイラー・スウィフトなどには多大な興味を寄せてきた私だが、アリアナとセレーナにはあんまり興味が湧かなかった。二人ともバービー人形みたいに嘘くさい感じがしたのだ。歌にもぴんと来ないし、アリアナは頭に猫耳をつけてパフォーマンスするのがどうも駄目だ。どういう案配であれが良いことになったのだろうか。セレーナは、なんというかアメリカのビューティーコンテストに出ていた子どもがそのまま大人になったような感じがして、どうもなと思っていた。あと、まるでフェイクタトゥーみたいな悪ぶりを発揮しているジャスティン・ビーバーも幼稚で苦手だったので、あのあたりは知らなくていいやと思っていた。

しかし、詳しく知ってみると（というか、ゴシップサイトを読んだだけだが）、アリアナとセレーナの恋愛模様はなんと愛らしいのだろうか。二人とも恋に悩み、悲しみ、喜び、非常にチャーミングだ。共通点としては、SNS上で彼氏といちゃつきまくるところだろうか。ツイッターでいちゃいちゃし、インスタグラムでいちゃいちゃし、やりたい放題だ。ラブラブなときは、二人のツーショットをアップし、意味深な愛の言葉を書き込み合う。不仲になった時は、お互いを嫉妬させようと、ほかの異性と撮った写真をアップし、時には罵倒の言葉を書き込み合う。若い子たちに大人気の歌姫たちの恋心と、交際の一部始終がこんなにだだ漏れでいいのだろうか二十一世紀。アーティストはファンのものであって、現実の恋愛はしていないという建前は、彼らの世界にはまったく存在していない。隠してもパパラッチに暴かれるんだし、最初からもういいやという境地に陥るのだろうか。それにしても必要以上に大胆だ。

特にセレーナの恋模様には、深く感じ入った。テイラー・スウィフトはよく元彼とのエピソードを歌にして話題になっているが、セレーナは歌にする前にもう全部SNSにだだ漏れてしまうので、ある意味テイさんよりも興味深い人物だった。しかも、その後に歌にもするのだが、演歌かと思うほど切ない女心が綴られていて、テイさんのようには笑えないところがまた滋味深い。『The Heart Wants What It Wants』のミュージックビデオのはじめに、セレーナが泣きそうな声で、「彼は私のことを傷つけるつもりなんかなかったのよ」「彼は私が間違っているみたいな気持ちにさせるの」などと語るところがあるのだが、重い。ジャスティンとの最初の恋が絶望的なくされ縁へと発展し、でも彼を信じたいと、自己喪失するくらい彼女が苦しんでいる姿を、歌とSNSを通じて見せられてきたファンたちの気苦労やいかばかりだろうか。一時期、ジャスティンに洗脳されたと言われるくらいのロボット状態になってしまった時期もあるようだ。ティーンの憧れの存在がなぜそんなことに。

ところが、昨年末、そんな彼女に王子様が現れたのだ。彼の名前はDJゼッド。名前だけ見て、またセレーナがやばそうな奴に捕まったのかと思っていた。しかし、今回、DJゼッドをしっかり見てみると、インディペンデント系の俳優じゃないんですかと驚くほど、穏やかな顔の、雰囲気のあるナイスガイなのに気づいた。服装もチェックのシャツとジーンズというカジュアルさ。普通に私も好きな感じです。しかも、この飾らないナイスガイは、音楽の才能がすごい人らしい。恋のライバルであるジャスティンともかつてコラボしたことがあるそうで、良い曲をつくってもらった手前、ジャスティンも非難しにくいことだろう。そもそもゼッドはお人柄が偲ばれるというか、なんかすごくできる人オーラが出ている。オーランド・ブルームにさえ喧嘩を売ったジャスティンが、今のところセレーナとゼッドの関係について公に言葉を発していないのも、さもありなんという感じだ。

彼との恋愛がはじまってからのセレーナは本当に嬉しそうで、ロマコメですかと思うほど、劇的に幸せそうだ。またテイさんやジェニファー・アニストンなど、今までジャスティンとの関係に難色を示し、早く別れるようにと口を酸っぱくして言っていたまわりの人たちが、諸手を挙げてゼッドに太鼓判を押しているところを見ると、本当に良い人なのだろうと私も勝手に安心するばかりだ。テイさんなど、かなりの応援モードだ。年下のジャスティンに振り回されたセレーナが、年上の男性の魅力にめろめろだというような主旨の記事も読んだのだが、年上の男性といってもまだ二十五歳なところも、なんか話を全体的にチャーミングにしているね（私がアラフォーなだけですが）。ネットのコメントを見ても、皆セレーナがゼッドと出会えたことを心から喜んでいて、ジャスティン形無しである。あと、こんなにも皆に心配されていたセレーナよ。

なんだかすっかりセレーナとゼッドのファンになってしまった私だ。二人がコラボした新曲『I Want You To Know』も思わず聴いてます。聴いていると、歌とは関係ない、良かったね、セレーナという気持ちだけが湧いてくる。

これからも二人の姿を見てときめきたいがため、インスタもフォローしてしまった。二人の関係がこれからどうなるのかはわからないが（＊速攻で別れて私を悲しませた）、一つだけはっきりしていることがある。セレーナ、あんた、素直すぎるよ。

（二〇一五年三月）

バゲットに襲われる

唐突だが、パスタセットにバゲットがつくのが苦手だ。ほとんどの場合ついているからそれが正しい作法なのかもしれないが、どうして今からパスタを食べるのに、その前に別の炭水化物を摂取しないといけないのかといつも解せない気持ちになる。それならバゲットの分だけパスタの量を増やして欲しい。パスタの量が少なく、しかもメインの前にバゲットで小腹を満たしておけ、というスタイルが一番嫌いだ。私はパスタをがっつり食べたいのだ。セットについているのに残すと自分の中に罪悪感と敗北感が生まれるので、はじめからなかったらいいのにと思う。もしくは、バゲットありとバゲットなしを選べたらいいのに。バゲットなしを選ぶ人が結構いるんじゃないかと私はにらんでいるので、一度どこかでこのシステムを導入してもらい、統計をとってグラフ化したいぐらいだ。そのグラフを高々と掲げながら、ほらほら〜と世界に向けてアピールしたい。

スープにつけたりサラダのドレッシングをぬぐって食べたりするのにバゲットは便利だと人は言う。そうするとさらにおいしいとまで言う人もいる。しかし、これもどうも納得いかないのだ。

私はとにかくスープが好きだ。小さな頃に『ハイジ』や『若草物語』、『3びきのくま』をはじめとする海外の童話や世界名作劇場のアニメなどで、スープへの幻想を散々心の中で育ててあげてしまったからだ。スープはもうスープ以上の何かだ、私にとって。テーブルにスープが現れると、本当に素敵なものが出てきたと心がぱああっと華やぐ。家にもキャンベルのスープ缶を切らしたことがない。

だから、できる限り、スープはスープのままで味わいたいと思う。たとえバゲットであろうと、私とスープの関係に横入りして欲しくない。あとバゲットにつけると食感がべちゃっとするというか、バゲットがメインになってスープが添え物になるじゃないですか。スープには常にセンターを張っていて欲しいのだ。卒業してソロで活躍してくれても良い。つまり、バゲットなしで良い。

話は変わるが、この前よく行くパスタ屋でランチセットを頼んだら、いつもよりスープの量がだいぶ少なかった。浅い皿の底がもう透けて見えるくらいだ。あそこは大きなお皿にスープがなみなみと注がれて出てくるから好きだったのに。先ほど言ったようにスープは私にとってとても大事なものなのでがっかりしていると、隣のテーブルから声が聞こえてきた。

「パパのほうが量が多い」

見ると、小学校低学年ぐらいの小さな女の子と父親らしき男性の前にもスープが運ばれていた。スープが極端に少ないのは私だけに起こった事故なのか、今日は皆量が少ないのか覗き込んで確かめてやろうかなどと思っていると、娘のその一言を聞いた男性が「そうか」と微笑み、スープ皿を交換してあげるのが目に入った。男性は普通よりも大柄な体型だ。小さな娘が堂々と不服を述べたことも、大きな父親がそれを聞いてすぐ交換してあげたことも無性にかわいらしく、こんな素晴らしいワンシーンを拝めたんだから、スープの量についてなど忘れてしまおうという気持ちになった。

ここで話は戻るが、さっきのセンター問題でいうと、レバーペーストやフムスなどにも私は同じ気持ちを抱いている。どれもバゲットやクラッカーと一緒に食べるのが前提となっているが、私の理想は、ハーゲンダッツのカップのアイスのように単体で味わうことだ。実際、たまにそうしてしまっている。

ペースト系はなめらかな舌触りが魅力の一つだと思うのだが、バゲットやクラッカーと食べると、ばりばりばりばりという荒々しさに口の中が襲われて、すべてが掻き消されてしまう。あと、うまく言えないが、なんだか雑な気持ちになる。どういうことか自分でもよくわからないが。

食べているときにパンくずが飛び散るのも、無精な話だが正直面倒だ。バゲットって硬いから、真面目に取り組まないといけないというか、対峙(たいじ)しなければならない気がしてそれも面倒だ。疲れている時とか、バゲットに負けそうになる。フィギュアの羽生選手の名言に「肉に襲われる」というフレーズがあるが（どんと肉料理などを出されると、圧倒されてしまって食べることができないの意）、バゲットに置き換えるとその気持ちもちょっとわかる気がする。

今書いていて、なぜかクラッカーの中でもリッツだけはあんまり嫌じゃないとふと気がついたので、今後はなんでもリッツにのせて食べるのが私には良いのかもしれない。リッツって食感がやさしいよね。ほろっと口の中で崩れるというか。塩味がちょっと個性を発揮してしまってはいるけど、そんなにメインの邪魔もしないし。これからは、一人リッツパーティーをしていこうと思う。

（二〇一五年四月）

もらってあげて!!

先日、DVDで『恋するふたりの文学講座』という映画を見ていた。出会いも喧嘩も決めの台詞もすべて「本」がらみという、「本」への愛が凄まじいことになっている素敵な作品だ。見る前は、十九歳の女の子と三十代の男性の恋愛物語なんてちょっと危ういなあと思っていたのだが、見てみると、とても成熟した映画で大変良かった。しかし、今から私が書きたいのは、この映画の本筋とはまったく関係ないことである。

映画は、三十代の主人公が、大学時代の恩師が退官すると聞き、久しぶりに大学のある街に戻るところからはじまる。用事が済み、主人公が普段住んでいるニューヨークに帰ろうとしていると、恩師がもう着なくなったシャツを何着か出してきて、主人公にあげようとする。しかし、主人公はあっさりと断り、見ている私の胸が締め付けられた。もらってあげて!!

映画やドラマで、何かをあげようとした人が断られるシーンを見ると、もらってあげて!!と心の中で叫んでしまう。今回の映画だと、確かに恩師のくれようとしたシャツはサイズも大きいし、幾何学模様とか結構着こなすのが難しそうな柄のものも多かったが、それでももらってあげて!!　次来たときに持って帰りますとか、そんな気もないのに言うなよ!!　主人公は、映画の冒頭にコインランドリーで洗濯物を盗まれ、服を新しく買うはめになったくらいなのだ。それなのに恩師のシャツはいらんというのかお前は!!　憎まれ口を叩き合う仲の二人なので、主人公に断られても、恩師は、じゃあ、わしが着るわ、おまえなんかにもったいないわ、みたいな態度を取るのだが、でもちょっと悲しそうな顔をするのだ。しかも、恩師の役をやっているのは、私の大好きなリチャード・ジェンキンスだ。リチャード・ジェンキンスに悲しそうな顔をさせないで!!

若者の身勝手さや世代の違い、登場人物の心情の変化を表すためとか、それぞれ何かしらの意図があって「物を断る」シーンがあるのはわかるのだが、もうそういうことを抜きにして、普通にもらってあげてと思ってしまう。私は思春期の頃に、親がくれようとしたものに対していらないとかださいとか冷たいことを言ってしまったことが何度かあり、大人になってからそれを思い出す度に悔恨の気持ちに襲われる。多分そこらへんが深層心理的に関係あるのかもしれない。なんかもう胸がぎゅっとなるのだ。

最近の映画だと、『ルビー・スパークス』もそうだ。主人公が母親の家を訪ねると、帰りに母の再婚相手がつくった独創的なイスをあげると言われる。そして主人公はいらんと断る（が、まわりに押し切られて持って帰るはめに）。確かに、変わったデザインのイスだし、場所も取る。しかし、人気作家である主人公の家は充分広いのである。イスなんて何脚でも置けるはずなのだ。庭に置いたっていいし、そんなに困るんだったら、物置にしまっておいたらいい。母の再婚相手の役をやっているのはアントニオ・バンデラスなのだが、手製のイスを断られたときほんと悲しそうなの。あの瞬間のバンデラスには、子犬並の訴求力がある。映画はその後もどんどん進んでいくのだが、バンデラスがイスくれるっつってんだから素直にもらえよこの野郎と、映画館であのぼんくら主人公に心の中で毒づいたものだった。今でもたまにバンデラスの悲しそうな様子を思い出して、ああ、バンデラス、かわいそうなバンデラス、とバンデラスに思いを馳せてしまう。

あと、だいぶ前に見た『トニー滝谷』のラストで、宮沢りえが近所のおばちゃんがくれると言った手袋を断るシーンがあったと思うのだが、あれも「もらってあげて映画」として心に残っている。しかも、もらわなくてもいいくらいです、みたいな結構ひどいことをりえはおばちゃんに言うのだ。それまでそんな毒舌キャラでもなかったのに。おまえこの前トニーさん家で良いコートもらっただろう。おばちゃんの手袋ももらってあげて!!

（二〇一五年四月）

丈夫さの証明

大学時代に買ったアニエスb.の長袖カットソーの襟ぐりが、今年になって擦り切れはじめた。もちろん毎日着ていたわけではないし、全然着なかった年もあるだろう。部屋着となってからの後半は、かなり登場頻度が高かったはずだ。それでも、袖はまだどこも擦り切れていないし、胴体部分にも穴が空いているところは一つもない。生地も薄くなっていない。アニエスb.のカットソーの丈夫さにしみじみ胸を打たれた。

十代二十代の頃は、雑誌で「十年もの」のアイテムの特集など見ても、自分ではわかりようがないので信じるしかなく、失敗することもあった。しかし、三十歳を過ぎると、二十代からのデータがそれなりに溜まってきて、結構面白い。

大学時代にこのアニエスb.のカットソーを手に取った時は一万円近くする値段が高いなと思いながら買ったが、それから十五年も持ったのである。そうなると、一年につき、千円を切りますよね（値段を使った年数で割り、何千円ぐらいになると元は取ったな、と思う私の貧乏臭い計算の癖）。すごいよ、アニエスさんと感嘆し、思わずすごく久しぶりにアニエスb.でボーダーのカットソーを買ってしまった。折しも世界はノームコア人気。こういう以前からのベーシックアイテムが息を吹き返している年だ。しかし、ノームコアのブームが終わろうとも、このカットソーはずっと元気でいてくれることだろう。

　自分のデータ上、もう一つ丈夫だなと感じているのは、イギリスのブランドのサンスペルだ。このブランドとの出会いは高校時代にまで遡る。当時兵庫県の姫路市から神戸の高校に通っていた私は、週末になると、同じく姫路に住んでいる友人と神戸の元町に遊びに行っていた。姫路には、ナイスクラップなど若者向けのデパートに入っているようなわかりやすいブランドの服しか売っていないのだ（しかし、最近妙にナイスクラップが懐かしい私である）。

　一方の元町は、古着屋や雑貨屋、カフェなどがたくさんあり、雑誌の『オリーブ』でも特集されたことがあるような街だ。友人と私は元町に心酔していた。思い起こせば、髪まで元町で切っていた。姫路で切れよ。

　その中でも特に、ビショップという店は人気があった。今では東京にも進出しているが、当時は神戸にしかないセレクトショップで、そこでサンスペルを取り扱っていたのだ。この頃の私たちは、元町に行けば必ずビショップに立ち寄り、サンスペル、サンスペルと呪文のように唱えていた。丈夫で、シンプルなデザインが良いということでサンスペルは人気だったのだが、その丈夫さについては実は当時よくわかっていなかった。データがないし。

　長年着用の結果、高校時代にここで買った半袖のカットソーはいまだ現役だ。生地も薄くなってないし、穴も空く気配がない。あまりにすごいので、処分する気にならず、ずっと持っている。シンプルなデザインなので、今でも何の違和感もなく着ることができるし。その後もいろんなタイミングでサンスペルのカットソーを買ってきたが、特に、高校や大学の頃買ったものは異様に丈夫だ。

　この前ルミネのＣＭが女性蔑視で酷いと話題になった。確かにその側面でも酷かったけど、何よりもまず、あのＣＭであかんということになっている女性の格好が気になった。トレンチコートにボーダーのカットソー、そしてチノパン。ルミネには、ビショップやドレステリア、シップスなど、そういう服装をおしゃれの一つのあり方として打ち出しているお店がいくつも入っているのに、その服装をあかんものとして描くのは、やはりあのＣＭをつくった人たちの脳みそが沸いていたとしか言いようがない。特に、ビショップはそこだけに特化したブランドなのに。話によると、テナントは毎月広告費を何十万円も取られるらしいじゃないですか。何十万円も出して、おまえのとこの服はあかんでと宣伝される。ほんと不思議な事態である。高校の頃の我々の憧れだったビショップに意地悪しないでくだされ。

（二〇一五年五月）

二つのマンション

引っ越しをしたら、宅配便や郵便を届けてくれる人たちの顔ぶれが一変した。前住んでいた場所は、宅配してくれる人たちが異動したり、退職されたりということが少なく、ほとんどずっと同じ人たちと顔を合わせていたので、ちょっとさみしい気持ちだ。

玄関先で荷物や封筒を受け取るだけなのに、意外と相手の状況がこっちに伝わるものだ。ある宅配会社はそれまで男の人が来ていたのだが、突然、担当が多分新人の女性に変わった。彼女はとても感じが良く、明るい人だったのだが、ある時期妙に疲れていて、仕事がつらいのだろうかと関係ないのに心配になるぐらいだった。その後、また持ち直して、元通りになった。何があったのかはこちらにはわからないが、メンタルの変遷ははっきり見えた。

ほかの宅配会社の新人の男性で、はじめはちょっとこの人の言動苦手だなと思っていた人がいた。ため口がえらそうだったり、言い訳めいていたり、微妙に嫌な感じの話し方をされる時があった。しかし、時を経ていく間に、その微妙な嫌さがすべて取れていった。揉まれる、ってこういうことかと思った。表情もぴしっと引き締まった感じになった。

ほかにも飄々とした天然パーマの男の人とか、すべてをそつなくこなす感じの丸坊主の人とか、いつもすごく深刻な顔をした郵便配達の人とか、いろんなキャラがいたのにな。

そういえば話はちょっとずれるが、今書いていて思い出したことがある。たまに勧誘とかですごく失礼な話し方をする人がいるのだが、あれはどういうことだろうか。学生の頃も、新聞の勧誘のおじさんに、「読む暇がないので大丈夫です」という断り方をしたら、「若い女の人は皆そう言うんだよねえ。でも会社員でさえ新聞を読む時間があるのに、あなたたちにその時間がないはずないでしょ」みたいなことを嘲(あざけ)った調子で言われた。なんで相手に失礼なことを言って商談がうまくいくと思っているのだろう。心底謎な気持ちになった。でも定規をくれた。勧誘や集金の人で、こういう感じの、失礼なことを上から言ってくる人(しかもため口)に何度も遭遇したのだが、どれくらいの成功率なのか一度聞いてみたい。それでうまくいくことがあるから、やってるんですよね? それとも相手をナメて仕事になると本気で思ってるの? さすがに年を取るごとに減ったのだが、今年も一度あった。不思議でならない。

以前のマンションの時のようには、まだ一人一人の特徴をつかめていないのだが、中に『ホビット』の映画に出てくるラダガストに似ているおじさんがいる。その人が一度いつもの制服に紫色の中折れ帽(鳥の羽つき)をかぶってきたことがあって、それもなんかラダガストっぽくて、それからかなり気になっている。あと廊下で独り言を言う人もいる。私がすぐにインターホンに応答できなかった時、「あれー、いないなー、困ったなー、表札出てないしなー」と男の人の慌てたような声が外から聞こえてきた。急いで出ると、私の前に住んでいたらしき人宛ての郵便物と私宛ての郵便物を見せられ、

「この○○さんは住んでますか?」と言われたので、

「住んでないです」と答えたら、

「○○さんですよ、○○さん」となぜか念を押された。

廊下で話すといえば、前に住んでいたマンションで、廊下から和気あいあいとしか言えない笑い声が聞こえてきたので、住人同士か住人と訪ねて来た友人だろうと思っていたら、勧誘のコンビだったので驚いた。引き継ぎをかねていたみたいで、片方がもう一人に一軒ごとの個人情報を与えながら回っていくのが丸聞こえで、「あかんやろ、それ」としか言いようがなかった。ある家のインターホンを二人が押したら、小さな女の子が応答したらしく、「ママいる?」と聞いたまではよかったが、その子がママを呼んでいる間に、外では「うわー、かわいい!」と大盛り上がり。子どもでも、お客さんだろ。楽しそうな二人は、「この家(我が家のこと)は(勧誘)駄目なんだよ」と言って、通り過ぎていった。

そういえば、この前、今住んでいるマンションの階段を上っていたら、二階の廊下に、

「アートネイチャー」と刺繍されたジャンパーを着たおじさんがキャリーケースとともに立っていた。その人はある家のインターホンを押すと、大きな声で「こんにちは、アートネイチャーです」と挨拶していたが、いいのそれで？　もっとセンシティブにしてもらいたい人もいるんじゃないのか。あまりのフランクさに結構な衝撃を受け、部屋に帰ってからアートネイチャーのサイトを見て、どんなコースがあるのか確認してしまった。家に静かに来て欲しい人コース（アートネイチャーのジャンパーももちろん着ない）と別に気にしない人コースとかあるのかなと思ったのだが、見た限りではなかった。

（二〇一五年五月）

アメリカ二週間の思い出

四月の終わりから五月のはじめにかけて二週間、英語版『monkey business』の五号刊行アメリカツアーに参加させて頂いた。はじめの一週間は中西部を回りシカゴ大学やウィスコンシン大学などで講演などのイベント、二週目はニューヨークに渡り、書店やアジア・ソサエティーなどでイベントをした。

ツアーメンバーは、柴田元幸さんご夫婦、きたむらさとしさんご夫婦、ローランド・ケルツさんとパートナーのリサさん、日本財団のジェームスさん、そして私である。中西部では、ミシガン湖に沿ってヴァンでの長距離移動などもあり、まるでロードムービーのような日々で、とても楽しかった。カラマズーでは、二年前イギリスのノリッジで行われた翻訳ワークショップでご一緒したジェフリー・アングルスさん（私の作品の翻訳もしてくださっています）に再会することができ、しかも最高に楽しくて魅力的なアンティークや民芸品でいっぱいの、博物館みたいな素晴らしいご自宅に泊めて頂き、感激した。パートナーのデヴィッドさんにワニの骸骨をなでさせてもらった（お二人は、六月に米国で同性結婚が合法化された際、カラマズーで最初に結婚したカップルになった）。

日本ではあまり朗読をする機会はないけれど、アメリカのイベントでは朗読が盛んだそうで、私も朗読をした。今回の『monkey business』の五号に掲載された「写真はイメージです／Photographs are images」と、ウェブの『GUERNICA』に掲載された「ナショナルアンセムの恋わずらい／Love Isn’t Easy When You’re the National Anthem」（どちらも翻訳はジェフリー・アングルスさん）を、私が日本語で朗読し、柴田さんとローランドさんが英語で朗読してくださった。自分の作品の朗読を横で聞くのは、とても幸せな経験だった。ニューヨークでは連日のイベントでお客さんがかぶるかもしれないからということで、シカゴからニューヨークへの飛行機の中で柴田さんが私の掌編「あなたの好きな少女がきらい」を翻訳してくださり、その作品は、テッド・グーセンさんが一緒に朗読してくださった。

　きたむらさとしさんの紙芝居やドローイングを毎日見ることができたのも幸せだったし、アジア・ソサエティーのイベントで発表された、『MONKEY』の3号に掲載されている、きたむらさん絵、柴田さん翻訳のレオノーラ・キャリントンの作品「はじめての舞踏会」（社交界デビューしたくない女の子が、動物園のハイエナにかわりに晩餐会に出てもらおうとする、グロテスクで可笑しい物語）も素晴らしかった。私はこれまでレオノーラ・キャリントンのことを知らなかったのだけど、その後メトロポリタン美術館で、偶然彼女の自画像を見てさらにファンになってしまい、日本に帰ってきてから早速彼女の本を買った。

　ニューヨークでは、一週間マーサワシントンホテルに滞在した。このホテルの部屋は、斧や鍵、女の子が斧で木を切っている絵の入った額とかが壁にたくさんかかっていたり、ちょっとダークな童話っぽいテイストで本当にかわいかった。私なんかが泊まっていいんですか、という気持ちになった。窓からは給水塔が見えた。ニューヨークには給水塔がたくさんあった。

ニューヨークのイベントでは、ベン・カッチャーさんとケリー・リンクさんも合流してくださった。ケリーさんは前から大ファンで、ベンさんの作品は渡米前に柴田さんから送って頂いた『ジュリアス・クニップル、街を行く』（柴田さんが翻訳）がびっくりするほど面白かったので、お二人にお会いするのをとても楽しみにしていた。イベントの間以外でも、いろいろとお話しさせて頂くことができて、本当に幸せだった。何十年もの間、週刊誌でマンガを描かれていたベンさんの話は、メモの取り方など含めものすごくためになった。ベンさんは小さな紙にアイデアをメモすることにしているそうで（ポケットから今使用中の紙も見せてくださった）、「ノートにメモしないのか」と聞いたら、「ノートにメモしたら、紛失した時にどれだけのアイデアが消えるかわかるか。メモ用紙だったら、最悪でも数日分で済む」という一言がすごかった。普段から、じぃっとまわりを観察していて、脳が常に動いているような雰囲気があって、本当に面白い方だった。

ある日の終わりに、タクシーの中でケリーさんとチャイナ・ミエヴィル作品の話をしていたら、次の日『monkey business』のイベントをしたマクナリー・ジャクソン書店に偶然彼がいて、ケリーさんに紹介して頂くという奇跡もあった。ケリーさんの好きなドラマは、『ヴァンパイア・ダイアリーズ』と『ミンディ・プロジェクト』だそうです、皆さん。変な小説が好きだという話をしていたら、最後の日、ケリーさんがお薦め本を何冊か書店で選んでプレゼントしてくださった。家宝です。あと、イベントを見に来てくださった方の中に、私が翻訳をしているカレン・ラッセルのかつてのルームメイトや友人の方々がおり、カレンさんのお話をいろいろ聞くことができたのも嬉しかった。

だいたい夕方から夜にかけてイベントだったのだが、それまでの時間は自由時間だった。というわけで、ブルックリンで本屋巡りをしたり(本とブックトートを買いまくってしまった)(コミュニティブックストアであったポール・オースターの朗読会にも行った)、MoMA(ドリス・サルセドの作品に一目惚れ)やメトロポリタン美術館、アメリカ自然史博物館、9・11メモリアルパークに行ったりした。

ちょうど同じ時期にニューヨークにいらしていた山崎まどかさん(今回がはじめてのニューヨークだったので、渡米前に『女子とニューヨーク』を読み返した)と長谷川町蔵さんに合流させて頂き、ブルックリンのフリー・マーケットを一緒に回ったことも本当に楽しかった。マストブラザーズで、チョコレートビールというものを三人で飲んだ。お二人のニューヨーク解説がとても面白かった。

ずっとVANSのスリッポンをはいていたが、空港の検査や飛行機の中で脱ぐ時もものすごく楽で、ますます好きになった。もう一足持って行っていた革靴でアメリカ自然史博物館に行ったら、我慢できないほど足が痛くなって、途中から館内を裸足というか靴下で回っていたが、誰も変な顔をしないので、ありがたかった。その日イベントが行われるアジア・ソサエティーにもそのまま靴下で歩いて行ったが、誰も変な顔をしないので、さらにありがたかった。（心が広いよニューヨーク。地下鉄も駆使したが（自分のニューヨークの地下鉄への順応性の早さを毎日心の中で自画自賛していた）、ニューヨークの街で限界を超えても歩くという癖がついてしまったので、日本に帰ってきた現在、小指が内出血を起こして紫色だ。

アメリカでの二週間、いろんな方にお会いできて本当に楽しかった。シカゴ大学のマイケルさんと夕ご飯までの道すがら小説の話をしたことや、レジーさんと、夕ご飯の最中ずっとドラマとジェンダーSFの話ばかりしたこと（たくさん面白そうな作品を教えてもらった）、ウィスコンシン大学のアダムさんの面白さ、ジェイ・ルービンさんご夫婦に出会えたこと、テッドさんのお母様のご自宅にお邪魔したこと、ニューヨークの『monkey business』スタッフのティファニーさんにアメリカのBL小説を頂いたこととか、いろいろ本当に良い思い出になった。自分は聞くほうはたいがい大丈夫なのだけど、難しい内容は話せないので、イベントの時は通訳のヒトミさんがついていてくださったのだが、そのヒトミさんに出会えたのも面白かった。私がMoMAでうっかりビョーク展の「ミュージックビデオ強制見せられ部屋」に迷い込んでしまい、ビデオが終わるまで出られなくてつらかった、あれは暴力だと思うという話をしたら、別日にMoMAに行っていたヒトミさんが、「え、私途中で出たよ」と当たり前のように言うので、「でも出ちゃいけない感じだったよね」と聞いたら、「え、でも出たよ」と言っていた。あと、イベントの最後の質疑応答で、通訳なのに私に質問してくれて、私のヒトミさんへの答えを自分で通訳していたのも面白かった。

書き切れないけど、いろんな方の文学愛に包まれた二週間だったと思う。この思い出をしがんで今年は生きることになりそうだ。

（二〇一五年六月）

憧れのイカとクジラ

今回ニューヨークで行ったアメリカ自然史博物館は私の憧れの場所の一つだった。普段から博物館や美術館に行くのが好きなので、旅行先でもかなりの確率で行ってしまう。ベン・カッチャーさんにも、せっかくニューヨークの春（すごくきれい）なんだから、外を見たほうがいいんじゃないかとアドバイスをもらい、本当にそうだなと思ったのに、やっぱりメトロポリタン美術館とかMoMAに行ってしまった。でもかなり歩いたので、結構ニューヨークの春を堪能できたと信じている。ニューヨークの花、例えば建物の前に植えられているチューリップなどは、花びらがぎょぎょっという感じで大きく開いているので、ちょっとホラーな気持ちになった。あと、日本にいる時、このアメリカ二週間のためにいつもの二倍仕事をしたので、外に出られないまま花見のシーズンが終わってしまったのだが（どこからか飛んできた桜の花びらだけは見た）、ニューヨークは桜が満開で、こっちで花見ができた。

アメリカ自然史博物館がなぜ憧れだったかというと、こういう標本がたくさんある場所が異常に好きだというのもあるのだが、ノア・バームバックの映画『イカとクジラ』に出てくるからだ。
『イカとクジラ』には、幼い頃母に連れて行ってもらったアメリカ自然史博物館で見た、クジラと巨大イカが戦っている模型が恐くて、直視できなかったという思い出を、思春期のストレスと両親の離婚のダブルパンチでとても多感な時期を過ごしているジェシー・アイゼンバーグが語るシーンがある。このクジラと巨大イカの戦っている模型は、臆面もなく子どもの前でバトルを繰り広げる父と母の姿とも重なる。直視することができなかった両親も人間だという事実を受け入れるかのように、彼がその模型を一人で見に行くシーンが大好きで、いつかこの実物を見たいと思っていたのだ。

そして、たどり着いたアメリカ自然史博物館。まず、入ってすぐのところに、大きな恐竜の骨の模型があり、テンションが上がる。全部見る時間はなさそうだったので、特別展は諦め、常設の展示だけ見ることにする。それだけでも迷路かと思うぐらい本当に広かったし、早い段階ですべてをじっくり見ようという気持ちはさっさと捨てた。あと前章にも書いた通り、途中で革靴を脱いで、靴下で歩き回った。あとでその話をしたら、きたむらさとしさんに、前に新聞で見たという、どんな時も裸足で過ごしていて、職場にも裸足で通っているイギリスの女性の話を教えてもらった。私にも意外とできるような気がする。

そのうち目の前に出現するだろうと思っていた海の生物ゾーンにいつまでたってもたどり着かないので、最終的に係員の人に場所を教えてもらった。そして、憧れの中でも特に憧れの場所にとうとう突入だ。

入ると、吹き抜け二階分に大きなクジラが釣り下げられているのが目に入る。その大きなクジラを囲むようにして、一階と二階に、様々な海の生き物の展示スペースがいくつも並んでいる。イカとクジラはなかなか見つからず、もうすぐ部屋の端というところまで来てしまったので、あれえ、本当にはないものなのかなあと思い始めた頃に、目の前に真っ暗なスペースが出現した。

イカとクジラはそこにいた。暗闇の中に潜む、大きなクジラとその口のあたりに絡みついている巨大イカの模型は、正直大人の私でさえ、ぞわっとくるほど、恐かった（その時フラッシュを焚いて撮った写真を今見ても恐い）。ほかのスペースは明かりが点いているのに、このスペースだけ明かりないし。多分だけど、ガラスのケースもなかった気がする。恐いけど、目が離せなくなった。お前の気持ち、死ぬほどわかるよ‼と心の中でジェシー・アイゼンバーグに最大限の共感の意を寄せた。これは恐い。

ちょっと離れたところから見てみると、ちょうど二階への階段に隠れるようにして、イカとクジラの小さなスペースはあるのだった。このスペースはこうやってここに何十年もあって、小さな子たちに幼き日のトラウマを植えつけているんだなあと思ったら、しみじみした。ファーストトラウマがこの模型という子もいるに違いない。良いトラウマだよなあ。見ていると、はじめから至近距離でガン見の子どもたちもたくさんいたけど。強いな、お前たち。あと先生なのか学芸員なのかはわからなかったけど、子どもを引率してきた女の人が、「みんなは嫌かもしれないけど、これは私のお気に入りの展示で〜す」と朗らかにイカとクジラの模型を紹介したのも面白かった。

自身の思い出が関わっているのかどうかはわからないけど、この真っ暗なスポットにピンポイントで光を当てたノア・バームバックを改めて好きだと思った。自分にもイカとクジラの思い出ができてとても嬉しくなった。あとアメリカ自然史博物館最寄りの地下鉄は、構内にいろんな動物や化石のモチーフとかがあって、すごく楽しい。

今回とにかく圧倒されたのは、アメリカ自然史博物館とメトロポリタン美術館の広さである。メトロポリタン美術館は、はじめに迷い込んだエジプト部屋でこのまま死ぬんじゃないかと思ったほど、広かった。私のお気に入りはオセアニア部屋だ。不思議なお面や像がたくさんあった。中世部屋も良かった。

特別展も至るところで開催されていて、とにかくカオス。中でも、とても評判が良いとジェイ・ルービンさんご夫婦から聞いていたネイティブ・アメリカンの芸術展が本当に素晴らしかった。図録、重すぎて買えなかったけど、いつか欲しい。

名画もあり過ぎて、自分の中でどんどん価値が下がっていった。見ているうちに、またゴッホか、とか、ピカソはもういいよ、みたいな気持ちになってくる。MoMA なんて、ホッパーやワイエス、バスキアの作品が廊下にぼんぼん飾ってあって、それでいいのかと思った。あと『みんなのうた』の『メトロポリタン美術館』がいかに名曲か思い知った。また行きたい。明日行きたい。


（二〇一五年六月）

スパッツ！　スパッツ！

わりと日常的にセレブゴシップサイトを見ているのだが、ある頃から、パパラッチされたセレブの写真にスパッツ姿が多くなった。我々もおなじみの、普通の混綿の黒いスパッツやら、化学繊維ばりばりのスポーティなタイプまでそれぞれだが、皆スパッツ姿で街を歩いているところを激写されている。ジム帰りとか、ウォーキングやランニング中に写真を撮られたのかな、大変だなと勝手に納得していた（確かにそういう人も中にはいるだろう）。

それが、まさか外出着だったとは！

ニューヨークでその事実を知って驚いた。セレブも一般人も関係なく、街行く女性たちのスパッツ着用率の異常な高さには圧倒されるしかなかった。ミッドタウンのホテルに一週間滞在していたのだが、さあ出かけようと、大きな通りに出ると、スパッツ姿の女性たちが右に左に闊歩している。え、いいの？という疑問を差し挟むことを許さぬ堂々とした足取りだ。

かつてスパッツといえば、主婦の家着的なイメージが強かったような気がする。アメリカの映画を見ていても、母親役といえば、体のラインが隠れる大きなサイズのTシャツにスパッツをよく着ていた。もしくは学生の寝間着とか。私はこのリラックススタイルがスクリーンに登場すると、わりと嬉しい。Tシャツが、ださい、変な柄だとさらに嬉しい。ださい柄のTシャツやトレーナーが大好きなのだ。

話が少しそれたが、今のニューヨークでは、皆がんがんスパッツ姿で街中を歩いている。特に感銘を受けたのは、レザーの肩掛けかばんにハイヒール、ブレザーを羽織ったお仕事スタイルで、下がスパッツという女の人の服装だ。通勤中だけスパッツで、職場に着いたら着替えるのか、それとも職場でもスパッツのままなのか。スパッツのまま働く気持ちはどんなものだろうか。

この女の人に限らず、皆スポーティな恰好にスパッツを合わせるのではなく、普段の恰好にスパッツを投入している。スパッツはすっかりオールマイティーの扱いだ。

街に溢れるスパッツ女たちを見ていると、とても楽しい気持ちになった。急に走り出したり、踊り出したりするんじゃないかと想像すると面白い。実際いつでも走り出せるし、踊り出せる。スパッツをはいている人は、普通のジーンズやチノパン、スカートをはいて歩いている人たちよりも、エネルギッシュに見える。体の一部が常に臨戦態勢であるような感じで頼もしい。

山崎まどかさんと長谷川町蔵さんとブルックリンのウィリアムズバーグを歩いている時に、ニューヨークに詳しいお二人にスパッツのことを聞いてみると、スパッツブームの到来により、ジーンズの売り上げが激減したと教えてくださった。スタイルがよく見えるところも、好まれているそうだ。

自分は無理だけど、これは楽しいブームだなと思った。ニューヨークなら誰も奇異の目で見ないことはわかっていても、それでも私は勇気が出ない。だけど、やはり楽しいアイテムだなという思いを新たにしたので、日本に帰ってきてから、家の中では、スパッツスタイルをよく採用している。楽でいい。

帰ってきてから読んだ、ニューヨークでの生活を描いたエッセイマンガ『ニューヨークで考え中』にもスパッツファッションについての回があり、やはり気になるよなと、読みながら、うんうんとうなずいた。

もう一つ共感したのが、街行く見知らぬ人に、いきなり靴を褒められることについて書かれた回だ。確かに、アメリカの人は（ほかにもそういう国あると思うけど）、知り合いじゃない人の持ち物も頓着なく褒める。高校生の頃コロラドに留学していたときも、学校や街で知らない相手から急に持ち物を褒められるので、その度びくっとしていた。しかも、こっちも何か褒め返したいと思うのだが、えーとと焦っているうちに、相手はもう歩き去っているのだ。

今回のニューヨークでは、私は髪型を褒められがちだった。何の変哲もない、ただのショートカットだし、こっちは何も思っていないところに思わぬタイミングでお褒めの言葉が飛んでくる。

まず、スーパーでレジの長い列に並んでいたら、だいぶ離れたところにいるレジの女性店員さんが、こっちを一瞬見たなと思った瞬間、すごく真面目な表情で、

「アイラブユアヘアカット」

と言った。ものすごく距離があったので、空耳だろうと思った。だが、私の番になったとき、合計額を言った後、もう一度口にしたので、空耳じゃなかったことがわかった。あの距離で言うんだと驚いた。

「夏にその髪型はいいと思う。私の長い髪なんて夏は地獄よ」

とさらに褒めてくれ、なぜか隣のレジで会計をしていた女の子まで、

「そうそう、首に髪がかかんないからいいよね」と会話に参加。

最後、日本に帰るときも、JFK空港の検査場で金属探知機を通った先にいた、険しい顔をした空港職員の女性が、「はい、靴はいて、荷物取って、そっち行って、ところでアイラブユアヘアカット」と機械的な調子で一息に言ったので、え、今!?と思った。

（＊この夏に日本で『GIRLS／ガールズ』のレナ・ダナムに取材する機会があったのだが、その時も短い取材の間に、かばん、靴、アイフォンケースと、自分の持ち物が次々とレナさんとプロデューサーのジェニーさんに褒められていくので心が緊張でフリーズした。慣れない）


（二〇一五年七月）

ネタバレは難しい

『マッドマックス　怒りのデス・ロード』素晴らしかった!!!

という気持ちだけでここ二週間を過ごしていた。

見る前までは、原題が「FURY ROAD」なのにどうして「デス」を足して「怒りのデス・ロード」にしたのかなと思っていたのだが、実際に見ると、その気持ちがよくわかった。きっとその人はタイトルをつける際にとても悩んだはずだ。「怒りの道」はまずアウト。だけど、「怒りのロード」じゃ弱いんだ！　もっとこうすごいんだよ！　すごいロードなんだよ！と胸に湧き上がる熱き血潮とともに「デス」を足したのだろう。手書きかパソコンに打ち込んだのかはわからないが、そのときの文字は血文字くらいのインパクトで目に映ったはずだ。私はあなたの判断を全面的に支持する。

『マッドマックス』は公開されて一週間後くらいに見に行ったのだが、元々約束していたのはもっと後の日程だった。編集者さんたちと予定を合わせた結果である。しかし、ただでさえ楽しみにしていたうえに、公開された瞬間から、見に行った人たちの感想がどんどんとツイッターを流れていき、私はどんどん耐えられなくなっていった。あんまり感想を読まないように薄目で見るのだが、それでも何かしらの情報（登場人物の名前とか、こういうシーンがあるとか）が頭にインプットされてしまう。私にはネタバレされても大丈夫な作品と大丈夫じゃない作品があり、楽しみにしている作品はできるだけゼロの気持ちで臨みたいと思っている。経験上、前段階で情報を知ってしまうと、実際見たり読んだりしたときに、なるほど、これかと、確認の気持ちになってしまうのだ。もちろん作品によっては、こっちが知ってしまった前情報など吹き飛ばしてくれるものもたくさんあるので、そこまで神経質に気にしているわけではない。それに、今のネット社会でネタバレネタバレと騒ぐのも馬鹿馬鹿しいし。

だが、とりあえず『マッドマックス』は、ネタバレされたくない作品だった。それに皆の感想がとにかく楽しそうなんだよ。奴隷の女性たちのバックグラウンドを構築するために、『ヴァギナ・モノローグス』のイヴ・エンスラーがアドバイザーとして参加していたなど、フェミニズム的にも満点な作品であるというニュースを見て、ますます思いは募った。我慢ができなくなった私は同じく我慢ができなくなった芥陽子さんと杉田比呂美さんと映画を見に行く約束をし、もう今週見に行くがマッドマックスという非常事態だから許して欲しいと編集者さんにメールを送った。編集者さんからはマッドマックスという非常事態だからもちろん構わないという返信を頂く。二回目は一緒に行きましょうとお互いリピートする気満々だ。

そして、見ました『マッドマックス』。アイマックスで。本当に、本当に、最高だった。なんかもうフュリオサ（シャーリーズ・セロン）が最初にサイドミラーを確認する時の眼差しだけで、泣けた。自分の置かれた現状に絶望していて、渇き切っていて、静かで、でもまだ何か隠しているあの眼差し。隠していた何かが最後の希望だったというのが、また泣けた。シャーリーズのフュリオサは、アクションムービーにこれまで登場してきた「強い女」「戦う女」とは全然違う。そうするしかなかったからここまできたという過去の重みが、彼女の全身から感じとれた（それを基本的なアクション映画の枠組みと設定を崩さずにやってのけたのがすごい）。壊れたマックス（トム・ハーディ）の中で壊れず機能し続ける知性と優しさ、ニュークス（ニコラス・ホルト）をはじめとするウォーボーイズのアホさ、子産み女たちと鉄馬の女たちの強さと弱さ、それらを包括する世界観とアクション、どれも素晴らしかった。フュリオサがマックスの肩越しに銃を撃つシーンが死ぬほど好きだ。というか、全部が死ぬほど好き。

見終わってからは、もう薄目でツイッターを見る日々にセイグッバイと、感想や関連ニュースなどを漁りまくった。中でも、鉄馬の女たちがノースタントでウォーボーイズと戦っていたという記事に驚いた。一人はインタビューで、そんなことさせるなんてと言ってくる人もいたが、自分は本当に楽しんだ、と語っていた。

そういえば、はじめに書いたように私はネタバレがあんまり好きじゃないので、誰かと会話をしていて面白かった本や映画の話になった時に、相手がまだ読んだり見たことのない作品だった場合は、「面白かったです」「素晴らしかったです」など簡単なことだけ言うようにしている（『ビッグバン・セオリー』のシェルドンみたいに、もうそれでネタバレだと怒る人だと困るけど）。でも、そういう時にもっと何かを待たれているように感じることがたまにある。あれは、もっと内容を言ってもいいということなのかな。確かに人によってはあんまりネタバレを気にしない人もいる。そしてその人たちはかなりの確率で、人にネタバレすることも気にしない。これまでに何度、見ようと思っていた作品の、いい場面をぺらぺらぺらと話されたことか。ぺらぺらぺらは急に襲ってくるから、止めることもできない。でも内容の細かいことに踏み込まず概要を説明するのが上手な人もいて、ネタバレさせない能力が高いなあと感心してしまう。

私は仕事で本や映画について書くことが多いので、いつも申し訳ない気持ちになる。かなり前の映画でも、これから見る人にとっては新しい映画だから、どうしたらいいだろうと悩んでしまうこともある。雑誌に載った後も、たまに思い出して、あそこまで書かないほうが良かったかなあといつまでも気にしてしまう。

前に、『レ・ミゼラブル』の宣伝でアン・ハサウェイがアメリカのトーク番組に出たのを見たことがある。彼女が「ネタバレだけど、最後にジャン・バルジャンが死ぬじゃない？」と言うと、観客席から不満そうな声が上がった。その時、司会者のジョン・スチュワートは「本を読めよ」と一言言って、観客たちを諫めた。レミゼは十九世紀の作品だし、授業でも取り上げられる有名な作品だから、ネタバレとかの問題じゃないだろというニュアンスだったと思うが、私も同感だ。でも知らない人にとっては、知らない作品だ。このどこまで言っていいかの判断が難しいよなあといつも思っているのだが、でもその作品がリアルタイムじゃない人は結局諦めが肝心だと思う。今、『シックス・センス』や『ユージュアル・サスペクツ』のラストをばらされて、ネタバレだ!と怒っても仕方がない。そしてリアルタイムの作品をネタバレされたくなかったら、さっさと見に行くか、読む。もうそれしかない。

ちなみに私は、これから楳図かずおの『おろち』を読む人に向かって、「わたしはおろち」という決め台詞(?)をなんとなく口にしたところ、「ネタバレすんなや!」と怒られたことがある。確かに私もこのマンガをはじめて読んだ時、最初に思ったのは、「あ、これ、名前なんだ」ということだった。まだ『おろち』を読んだことがなくて、「ネタバレすんなや!」と今思った人、ごめんなさい。

あとナタリー・ポートマンの『ブラック・スワン』をまだ見ていない人でラストを知りたくない人はこの先を読まないで欲しいんですが、以前の職場で同僚(二十代の男の子)とこの映画の話をしていたら、「ぼくはあんまり好きじゃなかったですね」と言われた。それなら、どういう映画が好きなのか聞いたら、「レオンとか、最後に主人公が死ぬ作品が好きです」という返事だったのでめちゃくちゃ笑ったことがある（ラストがどうなったのかよくわかっていなかったらしい。教えてあげたら、え、そうなんですか!?と言っていた）。この話もネタバレかなと思って、これまで書けなかった。ネタバレは難しい。

（二〇一五年七月）

マットレスを担いだ女の子

フィクションは現実ではあり得ないような奇妙なことや、不可能なことも自由に書けるけど、それでも現実の奇妙さ、不可能さに負けるときがある。フィクションの中ならホラーや殺人事件もどこか安心して楽しむことができるけど、倫理的にあり得ないような事件や出来事が現実に起こると、恐ろしくて、言葉はおかしいかもしれないけど、「負けた」という無力感に襲われる。自分が考えもしなかったことを、実際にやってしまう人たちがいることに心底驚いてしまう。

ほとんどの場合、この感覚に襲われるのは、何か大きな、恐ろしい事件が発生した時で、ネガティブな意味合いで感じることが多い。だけど最近、違う意味で、「負けた」と思う瞬間が増えてきた。

ここ数年のうちで、私が一番「負けた」と感じたのは、マットレスを担いだ女の子のことを知ったときだ。

二〇一二年の八月、コロンビア大学の学生エマ・スルコウィッツは、二年生になった初日に、寮の部屋で男子学生にレイプされる。大学と警察はなかなか調査を進めてくれず、同じ男子学生にレイプされたと訴える女子学生たちがほかにもいたにもかかわらず、最終的には加害者の男子学生は無罪放免。

ヴィジュアルアート専攻のエマは、自分の「卒業課題」として、二〇一四年の九月から、「マットレス・パフォーマンス／キャリー・ザット・ウェイト」と名付けられたプロジェクトをスタートさせる。実際に自分がレイプされた際のマットレスによく似たものを手に入れた彼女は、大学内を移動する際に、常にそのマットレスを担ぎ続けた。加害者の男子学生が退学処分になるまではこの行為を止めないと宣言して。

ルールは決して自分から他人に助けを求めないこと、けれどまわりから手伝いたいという申し出があれば受け入れること。マットレスは、この先彼女が背負って生きていかなくてはならない肉体的、精神的な苦痛の象徴であり、それはすべての性暴力の被害者が背負っているものだった。また、性暴力の多くは可視化されないので、被害者が声を上げない限り加害者は安心して自分の行為を忘れていられるが、この件では被害者であるエマが実体のあるマットレスを担ぎ続けることによって、加害者は自分の犯した罪を目にし続けることになる（「加害者にとっては悪夢」のようなパフォーマンスだと評した人もいる）。彼女のプロジェクトはすぐに有名になり、雑誌『ニューヨーク』はマットレスと彼女のポートレイトを表紙に使った。

私は『ニューヨーク』の表紙を見て、この事件のことを知った。表紙も記事もショッキングだったし、すぐに「mattress performance」で検索してみたら、学内を自分の体よりも大きなマットレスを担いで移動している彼女や、彼女をサポートして一緒にマットレスを運んでいる人たちの写真が沢山出てきた。彼女のことを調べている間、私はずっと驚いていた。

うまく書けるかわからないけど、レイプという卑劣な性暴力の被害者である彼女が、その体験（レイプされたこと、大学と警察が自分の話を信じてくれなかったこと、レイプされた際の状況を紙に書いて説明させられたこと、その後も適切な対応をしてくれなかったこと、加害者がずっと同じ学内にいること……）を自分の肉体的、精神的な痛みから切り分け、客観視して、「卒業課題」にしようとしたことと、そのためにマットレスを担ぐという方法を思いついたことの、クレバーさに頭が下がった。言葉として悪いかもしれないけれど、天才的なアイデアだと思った。このプロジェクトがどういう結末を迎えるか興味があるとさえ、彼女自身が言っていた。批判も、うまくいかない可能性も視野に入れていたし、受け入れる余裕があった。冷静で、新しいプロジェクトを立ち上げた人として正しい態度だった。

レイプの被害者が「嘘つき」「同意の上だったんじゃないか」「彼女が誘ったんじゃないか」と白い目を向けられるのを、私たちは何度も見てきた。そんな社会の中で声を上げるのは死ぬほど勇気がいることだ。そこに、マットレスを担いだエマが現れた。マットレスを担ぎ続けるというのは、何より彼女自身に負担を強いる。目立つし、重たいし、面倒だし、いいことなんて一つもない。それでも彼女はそうした。このマットレスが持つ意味の雄弁さ、マットレスを担いだ女の子というヴィジュアルイメージの強烈さをちゃんと理解していたからだ。ヴィジュアルアートを専攻している彼女は、自分が気づくべきことに気づいて、実行した。本当にすごい。

二〇一五年の五月、エマはコロンビア大学を卒業した。大学側に事前に止められていたけど、彼女は卒業式の壇上にも、数名の友人たちとともにマットレスを担いで上がった。彼女たちが壇上に上がる少し前には、加害者の男子学生も壇上に上がった（彼は退学にならず、大学生活と自分の評判がめちゃくちゃにされたのに何もしてくれなかったと逆に大学側を訴えた）。映像を見たし、記事も読んだが、学長たちはほかの生徒たちとは握手をしているのに、エマとは握手をしなかった。それでも彼女は堂々とマットレスを担いで卒業していった。

ほかにも、リベンジポルノの被害に遭ったデンマーク人のエマ・ホルテンが、自分の体を取り戻すため、カメラマンの協力を得て新しく自分のヌード写真を撮り下ろし、発表したニュースにも、感銘を受けた。彼女はネットにばらまかれた自分の体を恥じて生きていくことを選ばなかった。

これまで、性暴力の被害者の人生は、まるでそこで終わったかのように扱われていると感じることが多かった（だから被害者は自分の人生が終わったことにならないように、黙っているしかない）。フィクションでも、そういう風に描かれている作品はいまだにあるけど（日本でも大ヒットしたミステリ『その女アレックス』とかその典型。というか、それを悪用している）、意識的に被害者を「サバイバー」として描き、生きていくことを肯定した作品も最近増えている（アメリカのドラマ『アンブレイカブル・キミー・シュミット』はまさにこれをテーマにしている。このドラマのキーセンテンスは「Females Are Strong As Hell.」）。マットレスを担いだエマと自分のヌード写真を公開したエマはそれぞれのやり方で、現実世界を更新してみせた。彼女たちが更新した新しい現実に負けないように、私もがんばりたい。

（二〇一五年八月）

テイラー・スウィフト再び

この連載の第一章で、テイラー・スウィフトについて書いた。それから早二年、相変わらず私はテイラーウォッチャーである。

この間にテイラーには様々な変化が訪れた。まず、男性関係についてのゴシップばかり取り上げられることに嫌気がさして恋愛休止モードに入り、かわりにシスターフッド建設に乗り出した。それまでも親友だったエマ・ストーンやセレーナ・ゴメスに加え、カーリー・クロス、ハイム、ロード、ヘイリー・スタンフィールドと、今をときめくスーパーモデル、女優、ミュージシャンたちがジャンルレスにこのテイラー王国に次々と引き抜かれていった。ヴィクトリアズ・シークレットのショーに二年連続で出演したことも大きかっただろう。スーパーモデルの友人がぐっと増えた。このショーに出る時のテイラーは異常にいい仕事をするので、これからも毎年出て欲しい。特に、『I Knew You Were Trouble.』を歌いながら、歌詞の「Trouble… trouble… trouble…」のところで、横を通っていく強くて美しいエンジェルズをどんどん指差していく小技は素晴らしかった。

人を見る目の厳しそうなレナ・ダナムまでこの王国に加わったときは、テイラーは本物だなと確信し、フィギュアスケーターのグレイシー・ゴールドまで手中に収める手広さには舌を巻いた。王国の住人全員が口にすることだが、テイラーは非常に優しいそうだ。ロードは、昔から女友だちの中で男の子の話をするのが苦手だったため、女子グループには入れないと思っていたが、テイラーはそんな自分を認めてくれ、そのままでいいと仲間の輪に入れてくれたそうだ。また、逆にカーラ・デルヴィーニュとテイラーが友人になったきっかけは、一緒に化粧室に入ろうとしたところで、テイラーが思いっきり転んでしまったのだが、すぐに横でカーラがわざと大袈裟に転んでみせ、テイラーが恥ずかしくないようにしてくれた、というのがなれ初めらしい。

そんな相思相愛の王国の住人たちをテイラーが大勢出演させたのが、ケイティ・ペリーとの確執を歌にしたと言われている『Bad Blood』のミュージックビデオだった。それぞれが特殊技能を持った女に扮し、協力体制を築いて、テイラーを裏切った宿敵との戦いに臨むという内容だ。ものすごく豪華な顔ぶれが、ぼんぼん出るので面白い。若いのにものすごくちゃんとした意見を言うので最近気になっていたゼンデイヤもナイフの名手の役で出ていて、かっこよかった。そしてさっさとゼッドと破局してまたジャスティンとふらふらし出し、私を心底悲しませたごめっさんもすごく良かった。ごめっさんはジャスティンとの関係をめそめそ歌にしている場合じゃなくて、どんどんクールな悪役をやって欲しい。見ていたら、ラムや弁天やおユキなど特殊能力を持った強い女たちが好き放題する高橋留美子の『うる星やつら』を思い出し、最終的に、高橋留美子は最高だよね！という気持ちになった。今度久しぶりに読み返そうと思っている。

この頃、女の子たちのグループをつくるのはなぜですかと聞かれたテイラーは、女の子が集まったときの力を、私たちは強いんだってことを見せたいというような内容を話していた。悪口を言い合うのではなく、お互いをサポートしているのだと。この時期のテイラーを一言で表すならば、「フェミニズムへの目覚め」であり、それはもう「覚醒」といってもいい変化を彼女にもたらしたと思う。NYのマクナリー・ジャクソンという本屋で、フェミニズムの棚の前にいた彼女が目撃されたりした（その後、購入した本の入った紙袋を両手に持って外に出てきたところを写真に撮られていた）。覚醒前からわりとそういう人だったと思うけど、覚醒後の彼女は、自分はフェミニストだと意識的に口にするようになったし、それにともなった言動がさらに増え、若者たちの良きオピニオンリーダーになった。ほかにも、無料配信中にアーティストや関わった人たちに印税を払わないシステムはおかしいとアップル社に抗議して勝利したりと、アクティブに闘っていた。カルヴィン・ハリスという彼もできて、とにかく充実していた。

そんななか、ニッキー・ミナージュとのバトルがニュースになった。

これは、ビデオミュージックアワードでノミネートを逃したダイナマイトボディのニッキーが「超スリムな体型を祝福するビデオをつくったら、最優秀ビデオ部門にノミネートされるみたいね」とツイートしたところ、ノミネートされたスリム体型のテイラーが「私はあなたを愛しているし、応援してる。女性同士を争わせるなんて、あなたらしくもない。

もしかしたら男性の誰かが、あなたをそうさせたのかも」と返信したことにはじまる。テイラーからの一言に困惑したニッキーは、「え？　私のツイート、ちゃんと読んでないでしょ。あなたについては、何も言ってないけど。私もあなたが大好きだけど、あなたもこの件について話すべき」と返していた。

ゴシップサイトのニュースでこのやりとりを読んだときに、なんだかかみ合ってなくてよくわかんないな、と思ったものの、深く突き詰めずにおいた。だがその後、ポップでスマートなアメリカのフェミニズム雑誌『BUST』のサイトに、「テイラー・スウィフトのニッキー・ミナージュへのツイートは完全に的外れ」という記事がアップされた。

記事では、音楽業界における性差別や人種差別の問題に疑問を投げかけたニッキーのツイートを読んで、白人でスリム体型であるテイラーは、自分を批判されたと思ってしまい、典型的な「ホワイト・フェミニスト」として返信をしたのだろうと書かれている。「ホワイト・フェミニスト（フェミニズム）」という言葉は単純に白人のフェミニストを意味しているのではなくて、インターセクショナリティを無視し、お互いの利益のため「サポート」し合うことに一番の優先順位を置いた同種のグループをつくるフェミニストを指し、しかもその実体はまったくフェミニストではない、と説明があった。

記事の主旨は、こんな感じだ。

「テイラー・スウィフトがフェミニストを名乗っているのは素晴らしいことだと思っていたが、もしこれが彼女の思うフェミニズムならば、まったくいいことではない。ニッキーの『あなたもこの件について話すべき』という一言はまさに核心をついている。今の時代にフェミニストであるということは、性的嗜好や肌の色で差別を受けている人や経済的弱者など、あなたよりも弱い立場にいる女性の置かれた現状を明らかにすることだ。今のテイラーはミュージシャンとしても、セレブとしても無敵なのだから、フェミニストとして、そして人として、自分の考えを発信する最高のプラットフォームを持っている。彼女は口を開く前にこれらの問題をもっと学ぶ必要がある」

そして最後に、あるツイッターユーザーがテイラーに投げかけた「あなたに利益をもたらす差別的なメディアの問題から目をそらして、『女の子全員でサポートし合う』のはやめて（大意）」というツイートを紹介している。

私はこの記事を夜中に読んでいたのだが、「勉強になるわ〜」と一人でしみじみ唸ってしまった。確かに、はじめに書いた通り、テイラーはよく「サポート」という言葉を使っていた。何年か前に、ゴールデン・グローブの授賞式で、ティナ・フェイとエイミー・ポーラーに男性関係のジョークを飛ばされた彼女は、あとでこの件について聞かれたときに、「女同士サポートし合わない人たちがいるのは残念だ」というような返答をしていた（その時も、それはちょっと違うんじゃないかとネットで言われていた）。

対するニッキーは、インド系とアフリカ系の両親の下に生まれ、小さな頃から、父の暴力に苦しんできた。「どうして母は父の暴力に耐えているのか、おかしいと声を上げないのか」と幼い頃から思っていた彼女は、人生の早い段階から問題意識を育ててきた人だ。

成功した今、あの下品とも評される派手なパフォーマンスとは裏腹に、「自分の気持ちをちゃんと言葉にしなさい」「絶対に教育を手放さないって約束して」と自分のライブやイベントに来た若い女の子たちにメッセージを飛ばす熱い人だ（タンブラーを見ていると、ニッキーの名言がたくさん流れてくる）。テイラーに対しても迎合せずに、彼女がちゃんと理解するまで待った。

そしてテイラーも賢かった。自分が間違ったと気がついた彼女は、「自分が非難されたのだと思ってしまった。問題を取り違えたし、勘違いして、間違った発言をしてしまった。ごめんなさい、ニッキー」とツイッターで謝罪。テイラーの面白いところは、人として、フェミニストとして学んでいる過程を同時進行で見ることができる点だと思う。

私は最近アメリカの歌姫たちから目が離せない。女性として発信することがブームになっていて、しっかり主張しないと逆にナメられるから皆名言を生みまくっていて、いちいち面白いのだ。ライオン的なビヨンセやリアーナとかは当たり前だが、小動物系のアリアナ・グランデでさえ、決めるところは決める。そしてテイラーは、常にギラギラした目をしている。見ていると、すごく楽しい。

よく考えると、テイラー・スウィフトにはじまり、テイラー・スウィフトに終わるという、変なエッセイ集になってしまいましたが、最後まで読んで下さって本当にありがとうございました。

（二〇一五年八月）

初出　「yomyom pocket」二〇一三年七月十五日号〜二〇一五年八月三十日号

松田青子（まつだ・あおこ）
一九七九年兵庫県生まれ。作家、翻訳家。同志社大学文学部英文科卒業。著書に『スタッキング可能』『英子の森』、創作童話に『なんでそんなことするの?』、エッセイ集に『読めよ、さらば憂いなし』、訳書にカレン・ラッセル『狼少女たちの聖ルーシー寮』『レモン畑の吸血鬼』、アヴィ『はじまりのはじまりのはじまりのおわり』がある。

I'M NOT YOUR ROMANCE
Aoko Matsuda

ロマンティックあげない

著者
松田青子（まつだあおこ）

発行
2016年4月20日

発行者　佐藤隆信
発行所　株式会社新潮社
〒162-8711 東京都新宿区矢来町71
電話 編集部 03-3266-5411
読者係 03-3266-5111
http://www.shinchosha.co.jp

印刷所
二光印刷株式会社
製本所
加藤製本株式会社

乱丁・落丁本は、ご面倒ですが小社読者係宛お送り下さい。
送料小社負担にてお取替えいたします。
価格はカバーに表示してあります。
©Aoko Matsuda 2016, Printed in Japan
ISBN978-4-10-350011-7　C0095